人生憑闌處

趙陽

山頂文化

趙陽

中國作家協會會員，1980 年代生於中國北方，2010 年代定居香港。著有「香江系列」散文集 4 部，在港台報刊開設多個散文專欄。現擔任香港英華書院等多間學校駐校作家、文學導師。

序：跨江之鯉

錢萬成

趙陽開始在《中國中學生報》的「百草園」文學副刊上頻頻發表文章時，還是一個十二歲的少年，生活在中國東北的嫩江邊上。而如今，他如一條化龍之鯉，從嫩江「游」進香江，帶領一批又一批香港的文學少年，延續着一直堅守的文學夢想。他在課堂上、生活中，在一點一滴的陪伴裏，幫助出生在香江之畔的孩子們，在漢語文學的閱讀寫作中感受到祖國母親的溫暖，感受到漢語文化的博大精深，漢語文學的波瀾壯闊。

與趙陽的第一次見面是在北京，四月，一個陽光明媚的上午，他為香港中學生到內地走一走、看一看，策劃了「華夏博覽看今朝」研學活動，邀我參加。當他向一眾作家朋友講起香港中學生「看祖國」的意義，以及過往幾年他陪伴學生們在香港的課堂上一同走進文學的點點滴滴，我分明看見，他的眼中流淌着執着的真誠，那麼清澈純粹，一如春日的陽光。這在經歷了一些人生的八零後身上，是不多見的。他把內心裏對香港、對生活、對學生、對文學的那份「真」與「愛」，清晰地遞過來，令我對他頓生幾分敬意。

《人生憑闌處》，是趙陽近兩年創作的千字散文集結，共一百叁拾貳篇。他用細膩的筆觸，帶領我們走進了他在香港的人生時段：從街道到屋邨，他在駐足中觀察，寫下香港這座城市的時代變遷；從課堂內到校園外，他在陪伴中思索，寫下他和香港青少年共同成長的故事；從漫漫香江到廣袤內地，他在文字中感恩和懷念，母親的叮嚀、父親的慈愛、北國的雪花、師長的教誨、友人的掛牽，我們從中亦能夠看到一個作家的人生。文章雖短，卻如靜水流深，令人可以細品香港，感受一個真性情的美好世界。

趙陽的童年是溫暖的，成長之路又是坎坷的。父母的早逝，對他的影響無疑是深遠的：一個人完成中學學業，考入大學，畢業工作，從一個城市到另一個城市，一步一步實現內心的文學夢、香港夢。他說，他一路走來，對他影響最大的人就是老師。既有學校裏的老師，也有文學編輯老師，這些老師們給他太多的幫助。他說，現在的自己也願意對學生們心甘情願地付出時間、精力和愛，就是因為那些幫助他、培育他、支持他的老師們影響了他，教會他用愛來回報這個社會。知道了這些，我對他那清澈的目光似又多了一份理解。

趙陽不是專業作家，也不是職業的社會工作者，他是一名普通的公司職員。工作之餘，他在香港多間中學擔任文學導師，創辦「香港少年作家班」；不但經常帶孩子們到內地「看祖國」，更通過文學、文化、文藝的方式，引導他們「愛祖國，為祖國」；他牽頭策劃了「香港青少年讀書月」，並通過「同讀一本書」，為香港和內地的青少年交流打造頗有溫度的平台。一個從內地到香港的青年人，不為名利，純粹地做事，一直做純粹的事，這是一種什麼精神？

憑欄處瀟瀟雨歇，在這本書裏，我看到了他筆下的香港，也看到了他心中的世界。讀他的文章，忽然想到了同在香港的董橋，雖然文字尚顯稚嫩，但精神和氣質卻有幾分相似，未來可期。

2025.6.22

長春望雲閣

（錢萬成，詩人，兒童文學作家。中國詩歌學會校園教育委員會主任。）

目　錄

那　人

那年

那 些 事

那人

社區裏的義教班

剛過去的星期三，驟雨初歇。食完午餐，在德輔道中的一個十字路口等紅綠燈。忽然，耳邊響起一個聲音：「您是 Brian 老師吧？」我循聲望去，一位年長的阿婆，笑吟吟地望着我。隔着口罩，我一時想不起在哪裏見過她。阿婆放慢了語速，極認真地說：「是您教我普通話呀，您聽聽我這句講得怎麼樣？」啊，我一下子想起來了，是馮婆婆，住在愉景灣，社區「普通話興趣班」的學員。

我連忙打招呼：「馮婆婆，您好呀！不好意思，戴着口罩，沒認出來您，真的對不起。」馮婆婆見沒有認錯人，十分得意，一點不計較我的失禮，忙不迭地將我介紹給旁邊兩個與她年紀相仿的阿婆：「呢個後生仔就係每個星期給我哋上普通話堂嘅老師，水平好高㗎！」兩位阿婆登時來了興趣：「我哋個孫可不可以一齊上堂啊？」「Brian 老師可不可以教我個仔中文寫作呀，佢而家喺中資機構返工，好有需求喔……」

馮婆婆見我烈日下已是汗流浹背，心疼地跟她的兩位老友說：「咁熱天，唔好阻住佢趕路啦。Brian 老師每個星期都會來愉景灣，你哋可以到普通話班來搵佢，到時再慢慢傾啦。」綠燈亮起，我與 3 位老人家一起過街。馮婆婆告訴我，連續多日落雨，今天好不容易出太陽，趁好天氣老友們結伴到中環「食好嘢」。

聽着馮婆婆與我熱情地分享這些家長里短，我不禁心生感動：我只不過為社區的老人家做了一點力所能及的小事，她們不但打心眼裏認同我，更願意與我分享自己的生活、傾訴自己的情感，即便在人潮洶湧的中環鬧市，即便在步履匆匆的十字街頭，也會像遇到了自家人一樣與我熱情地打招呼，這該是多麼寶貴！我想，這就是城市的溫度。

說到這「力所能及的小事」，還要從 3 個月前說起。4 月初的一天，在一次和愉景灣社區的交流活動中，幾個年輕人和我說起社區裏的變化：「從內地到香港來工作的年輕人愈來愈多了，社區裏的老人家在與他們的交流中，語言上有一些障礙。一方面，年輕人在加緊學習粵語；一方面，也有不少老人家對普通話很有興趣。」當他們得知我之前在內地做過大學裏的中文系老師，且在普通話國家等級考試中得到過一級甲等的成績，便鼓動我嘗試着為老人家開個義教班。我多少有點遲疑，雖然來港後我也為很多本地朋友專門補習過普通話，但從未有過「銀髮族」學員。不過，想到這或許會成為我融入香港社區的一種特別方式，我還是答應了下來。

普通話興趣班第一期，一共 20 個名額，不到一個星期就報滿了。看着街坊們安靜地坐在教室裏，眼神裏滿是期待與熱切，一份責任感在我心中油然而生。起初，我試圖以普通話考級用書為教材、從漢語拼音教起，但很快我就放棄了這個念頭，畢竟老人家從 50 多歲到 70 多歲不等，視力和記憶力都「不比當年」。於是，我從生活中最實用的資訊開始教起。第一次課上，練習「自我介紹」，一位姓陳的伯伯朗聲說到：「我姓陳，我是中國人，我來自香港，我住在愉景灣，超過 20 年了。」大家紛紛效仿，都按照這樣的句式說起了自己的基本情況。我也從中了解到老人家的一些情況：李婆婆女兒在國外，老伴去世得早，一個人在愉景灣住了十多年；趙伯伯和他太太一起來上課，兩個人最大的愛好就是踩單車；蔡伯伯退休前做政府工，是個粵劇迷……

6 月底的那次課，恰逢屯馬線開通，我以「港鐵站名」為題目，教老人家學會用普通話讀準他們常用的站名，於是，我又了解了更多：劉阿姨的兒子住在黃大仙，她時常去鑽石山幫兒子做家務，我從她逐字逐句的講述中，感受到慈母的深愛；馮婆婆喜歡美食，經常約老友去銅鑼灣打卡網紅餐館，我分明能從她的口氣裏，感受到長者特有的樂觀與心氣；吳老先生童年在沙田度過，他回憶起上世紀九零年代的香港，引起了大家的共鳴，課堂頓時充滿了溫情……

還有一次，我讓大家說一說自己最喜歡的水果。班級裏的老人家立即分成了兩個陣營：最愛榴槤一族和除了榴槤什麼都愛吃一族。最愛榴槤一族洋洋得意地分享榴槤的香，另外一邊竭盡全力地用普通話論證榴槤的「臭」。大家最終哈哈大笑。與其說是我在教老人們學習普通話，不如說老人家教會了我「包容」的處世之道。

一晃義教班已經開了近 4 個月。每個星期日，我一早起來，就「翻山越嶺」地趕路，幾乎橫穿了整個新界，只為了能在 10 點前趕到愉景灣，與那些和善的街坊們見面。我並不覺得辛苦，義教班帶給我的樂趣遠遠大於不能睡懶覺的「疲憊」：當我看着老人家耐心地練習每一個發音的時候，當我聽着他們在練習的過程中快樂地分享自己生活的時候，當我從他們身上感受到那份「我是中國人，我愛香港」的自豪感的時候，我的內心湧起的是長久的感動。我為能夠以「義教」這個橋樑，走進並融入街坊們的生活而倍感欣慰。一個城市的人情味，究竟在哪裏找尋，又如何去贏得？我想，如果你真心熱愛這個城市，願意為了這個城市的發展盡一分力、做一點有益的事，哪怕是如義教班這樣的一點一滴、綿薄之力，但終究會聚沙成塔、集腋成裘，於我們自身也終究會從情感上融入它，並收穫心靈長久的感動與安寧。沒有什麼比這更寶貴，也沒有什麼比這更幸福。因為，城市的溫度需要每一個人的努力。就如同我在那中環的街頭，聽到街坊的一聲「Hi ，Brian 老師」，我分明聞到，這城市裏，陽光的味道，那麼美麗，那麼香甜。

奔跑的紅橙子

入秋了，瘦瘦的她又挑着擔子出現在水街上。

前年，那擔子的前筐裝着柚子，後筐裝着蘋果，我還記得一塊小小的紙牌在兩個筐中間斜倚着，上面用簡體字寫着「三明血柚，烟台苹果」。去年，兩個筐裏裝着草莓。紙牌不見了，取而代之的是她濃重客家口音的白話「深圳剛剛摘嚟嘅」。印象尤深的是她把草莓用塑料盒小心地裝好，即便不吃，看着也很舒服，更何況買來一試，竟帶着奶油味的香甜。而今年，草莓換成了橙子。

她大概不到四十歲，每次經過時，我都會注意到她眼睛深處的絲絲不安。她不時地抬起頭來張望一陣，大部分時間，會把橙子剝開，削好；或是拿出一些橙子，在筐的蓋子上，擺出兩層好看的形狀來。她見了我，有時會露出略帶靦腆的微笑。她告訴我這是贛南的臍橙，而且是臍橙中比較少見的血橙。可不，那橙子的皮和瓤都透着些鮮紅，看上去紅艷艷的，喜慶又可人。

水街附近的學校很多。這女人一般會選在下午放學的時間，出現在第三街的路口。學生們喜歡那削好的橙子，甜不甜是一回事，省事兒、好看又是一回事。特別是尚未及豆蔻的女孩，或許不知道拍拖的真實況味，但卻撒嬌般地想嚐嚐紅橙的味道。五蚊一個的價格恰到好處地滿足了男生們表現體貼與豪爽的虛榮心。於是，這生意格外好。

或許是人一多，本就不寬的人行道就更窄了。那日，我剛剛買了幾隻，兩個穿着制服的公務人員，就一前一後地忽然衝着這邊走了過來。生意正好，女人始料未及，趕緊收起攤，挑起擔子想逃掉。慌亂中，幾個滾落的紅橙子沿着斜坡奔跑起來。

走在前面那個着制服的，是個老伯，他彎下腰，拾起了一個橙子，並示意跟着他的後生仔把另外幾個都拾起來。於是，兩人之間就拉開了一小段距離。女人到底被他追上，我一驚：「走鬼」是會倒霉的。只見他把手裏的那個橙子輕輕放在筐裏，小聲說：「咁快走啦！」

一抬眼，晚霞初起，一如那奔跑的紅橙子。

遠去的白襯衫

三年前的冬日，第一次見他，在卑路乍街公園裏。他坐在長椅上，遠遠地，白襯衫在一片綠植中很惹眼。經過時，見他瘦削的面孔棱角分明，乍一看，竟有些黃曉明的味道。只是，稍稍多停留幾秒，就發現他的眼神很複雜，既像個小孩子一樣充滿渴望，又忽而發出冷漠的光來，讓人有些害怕。正要離開，聽見他喃喃自語。彼時我初到香港，聽不大懂白話，只記得「阿媽」這兩個字翻來覆去。晚上躺下，我忽地想起，他身上的白襯衫乾淨又單薄，甚至可以透過它隱約看見背心上的破洞，他冷嗎？冬天的午夜空曠沉寂。

見他的時候多了起來。有時在電梯裏，有時在堅尼地城海旁的街角，但大部分還是在公園裏。和老街坊的閒談間，知道了他兒時同改嫁的母親從新界搬來，和繼父的兩個兒子一起生活。幾年前繼父和母親相繼過世。「他阿媽老實人，對幾個仔都咁好。他好像智力有些差，長得比兩個哥哥要靚仔得多。阿媽不在了，兩個哥哥常晚上反鎖門，不要他回家。」街坊每每講起忍不住歎氣。

難怪，他很晚了還在長椅上坐着，對着天空，像是說着什麼，又像是什麼都沒說。白襯衫被夜風鼓蕩着，他越發地瘦削了。他在說什麼？是和夜空中的星星對話麼？有一次，他不知從哪裏弄來一枝紫色的雛菊，黯然神傷地攥在手裏。我想，雛菊的花語是「藏在心底的愛」，他懂這，智力一定沒什麼大的問題。那些看上去的種種怪異，應該是內心的寂寞和孤苦太沉了。

上個月的一個週末，我正在家裏做飯。忽然看見一道白色的光影從窗外劃過，緊接着聽到二層平台上傳來沉悶的聲響，探頭望去，熟悉的白襯衫很快成了血紅色。沒一會兒，警察來了，只聽見他哥哥大聲講「不關我事！」

白襯衫終究遠去。這個時代，太多孤獨的靈魂無從擺渡，很少有人傾聽和理解，更多的是投以異樣的目光，甚至是親人。倘若還有機會，請走近並擁抱他們，讓這個城市，所有的葉子挨着葉子，風吹着風，光貼向光。

兩個老人的路邊攤

在台北的幾日，天氣有些濕冷。我住的南京東路靠近建北路一帶，多是辦公樓。於是，當我在臨街的咖啡館、麵包店之間，忽然看到一個路邊攤時，不禁有點驚喜。蛋餅的香氣隨風飄過來，鑽進鼻孔，繼而挑逗味蕾、撩撥着我的心。於是，我在一條兩米見長的條櫈上坐下，點了一份蛋餅加溫豆漿。

攤位不大，一對老夫婦在打理。他們大概六十歲左右，阿伯負責飲品，阿婆負責做蛋餅。熱氣騰騰的平底鍋上，除了蛋餅，還有幾塊白色的蘿蔔糕。雞蛋個兒很大，被洗得乾乾淨淨，一排紅皮的，一排白皮的，擺放在攤子上。只見阿婆嫻熟地拿起一個紅皮雞蛋，在鍋沿上輕輕一磕，雞蛋聽話地在鍋底攤成黃燦燦的「圓月亮」。阿婆緊接着把它移到事先做好的薄餅上，均勻地塗上一層薄薄的甜麵醬，然後放在盤子裏遞給我。咬一口，不論是雞蛋還是薄餅，火候都剛剛好，既不過軟、影響口感，也不太硬。很多在附近上班的人耐心地在攤位前排隊。兩位老人不疾不徐，認認真真地做每一份生意，臉上始終安詳平和。在遞上蛋餅時，總會極認真地說「謝謝」。

我一邊吃，一邊看，覺得兩位老人在打理的不止是一個路邊攤、一種生計，更是他們的生活。認認真真、和和氣氣，風裏來雨裏去，一日一日地用心累積着生活真實的成色。阿婆問我從哪裏來、做什麼。原來，她是從台中嫁到台北的，阿伯的祖籍是安徽的。「有一些親戚在香港，前幾年我們去過。香港很繁華，就是太擠了，人也太多。」我由衷地誇讚她做的蛋餅好吃又便宜，換成港幣一個還不到十塊錢。她說：「錢賺到多少才算足呢。孩子們已經大了，不需操心。我們還做得動，就做一做，賺點生活費就蠻好了。太想着錢，就總會想去算計，太累了，不值得呀。」阿婆說這話時，阿伯慈愛地看着我，目光裏滿是暖意。

於是，這個路邊攤成了我早餐的打卡之地。早餐之餘、小坐片刻，和兩個老人聊一聊，日子，竟可以如此簡單、安然。

親愛的北卡羅來納

聖誕節這天，我在等待來自北卡羅來納的電話——在那片遙遠而又陌生的土地，有我一輩子不能忘記的美國親人。

四年前的夏天，我旅居夏威夷，和沃克先生一家共同生活了兩個多月。七十三歲的沃克和七十一歲的丹妮，讓我在異國他鄉真切地感受到了一對老人的善良與溫情。他們之前一直生活在北卡羅來納，退休金足夠他們安度晚年。可當女兒們說起孩子太多、帶起來力不從心時，兩個老人就從東部來到了物價排名數一數二的夏威夷。起初，我以為老人給子女帶孩子，衣食住行子女理所應當提供，孰料兩位老人卻認為他們應該自食其力，用自己的退休金在女兒家隔壁租了房子，然後又在當地的學校找到了工作：沃克頗通音樂，教孩子們音樂知識和樂器；丹妮則教孩子們英文。

六、七月份的夏威夷，正是盛夏。兩位老人頂着烈日輪流開車，帶我走遍了整個夏威夷：珍珠港、波利尼西亞人博覽館、恐龍灣，還有小鎮上的教堂活動，鄉村裏的二手市場。他們帶我儘可能地深入了解美國的文化日常和人們的生活。我心生感慨：我付的那點住宿費，都不夠油錢，更何況他們還總是精心地為我做好每日的早餐。丹妮一米七幾的身高，歲月的風霜無法掩蓋她年輕時的美麗，有時候累了一整天回到家裏，她一定要把我的衣服都一一洗乾淨才肯去睡。要知道，自從二十年前雙親過世，再沒人這樣待我！那段時間，每日起床，丹妮總會把熨燙好的衣服整齊地放在我的床頭，我似聞到了久違的母愛的味道！

去年冬天，沃克罹患癌症，越來越嚴重的病痛讓他時而清醒時而糊塗。今年聖誕，我想好了一定要和他講幾句話才好。——電話響了，丹妮哽咽地告訴我沃克已經走了，上個月清醒的時候，還在問我什麼時候去玩。「他一邊說着一邊用乾瘦的手摩挲上衣口袋，他說他要開車帶着你和家人一起去感受北卡羅來納。」聽到這些，我的眼淚怎麼也止不住——親愛的聖誕節，親愛的北卡羅來納。

捷運車廂裏的目光

台北的捷運，乾淨，舒適，即便在上下班的高峰期，不論是月台還是車廂，也不會特別擁擠。然而，我更在意的，是車廂裏的那些目光。

那幾日，我經常搭乘捷運往返於松江南京站和公館站之間。早上，在松江南京站等車的以西裝革履的上班族居多。上了車，他們有的會若有所思地望向窗外，即便那窗外不過是千篇一律的黑色和灰色交替的牆壁，他們仍然是那麼認真的凝視着。比如，一個穿着天藍色西裝的中年男子，短髮一絲不苟地用髮油精心打理過，他凝視窗外的眼神有一種明亮的穿透力，我甚至能感受到他內心裏的一份朝氣伴隨着這份明亮散發出來。他大概也感受到我的目光持久地落在他的身上，於是轉過臉。我和他的目光相對的那一刻，那明亮的穿透力瞬間柔和起來，他嘴角微微揚起，這目光、這笑臉，讓我的心情格外輕鬆。被他夾在腋下的書露出了一角，「張愛玲」幾個字悄悄地探出頭來。

還有一次，我在座位上安靜地坐着，途經西門站，上來幾個穿着時尚的年輕人。車廂開門時還能聽見他們嘻嘻哈哈地開着玩笑，進了車廂之後，他們的聲音就自覺地小了下來。這幾個大男孩站在門邊的位置，小聲地交談着，其中一個人背包上佈滿了水晶質地的釘子狀的新潮裝飾，一顆接一顆，我好奇地數着，心想這一定是個頗有個性的男青年。孰料他不經意轉身，和我的眼神剛好相對。我以為他會狠狠地瞪我，——在港鐵裏，我經常會因為這樣的對視，而遇到犀利甚至兇狠的目光，然而他沒有，只是友善地望着我。車廂裏的氣息春天般溫暖。

傍晚時分，公館站上車的有很多台灣大學的學生。他們的目光單純又熱烈。那日，我看到一個老嫗拄着枴杖上了車，下意識地伸手攙了一把。正巧被一個女學生撞見。她水汪汪的大眼睛看着我，目光裏滿是讚許。我感到臉頰一下子熱了起來。

生活，就是一場旅行，每個交匯都是故事的起點。台北捷運，不只是工具，更傳遞着友善的目光和愛的溫度。

杏花邨裏杏花開

小黎同學住在杏花邨，我是去年秋天才知道的。那日，我正帶着學校文學社的 20 名同學在校園裏觀看升旗隊的排練，小黎同學是升旗隊裏個子最高的那個。只見他昂首挺胸，臂膀的三角肌棱角分明地撐起了純淨的襯衫，午後的陽光灑在他的臉上，那眉宇間流淌的自信和果敢格外引人注目。

幾乎文學社的每一名同學在當天的寫作訓練中，都寫到了小黎。我自然欣慰於學生們的觀察力以及對升旗禮本身的理解力，但有一段文字讓我感到意外和詫異，作者是小黎的同班同學，他在描寫了升旗隊排練的種種細節之後，提出了自己的疑問：「小黎同學因為成績不好而留級，卻有資格代表班級入選升旗隊，升旗禮這麼莊重嚴肅，為什麼會讓他參加呢？難道不應該遴選更優秀的同學嗎？」

我看了看錶，還不到下午 5 點鐘。於是，合上作文本，找到小黎同學的班主任。「他是一個很陽光開朗的孩子，雖然是留級生，但我很樂意接收他到我的班級呢。」聽到這裏，我更吃驚了：極少有班主任願意這樣做，小黎同學到底有怎樣的秘密？熱心、樂於助人、守諾、有責任感……班主任對小黎的優點如數家珍，「他只不過因為家庭的遺傳疾病，在文字的讀和寫方面存在先天障礙，所以考試就很難及格。」說到這，班主任的聲音明顯輕了下去，眼神裏滿是遺憾和惋惜。「不過他很喜歡語文課呢，尤其喜歡古詩。」我心中為之一動。

那晚，我和小黎同學一起搭小巴回家。我告訴他，大家看了升旗隊的排練，都很欣賞他的堅毅氣質，「你的表現很優秀！」或許是想到了那段文字裏的話語，我忍不住這樣誇讚。一路上，我們聊了很多，我發現小黎同學對文學很感興趣，對於詩詞的意境理解很到位，語言表達能力亦不弱。車到杏花邨，他和另外幾個住同一個社區的同學到家，而我要繼續轉乘港鐵。「老師，我可以參加文學社嗎？但是對我而言，寫字很難，又是留級生，不過，我可以講出來，好嗎？」我用力地點點頭。

那之後的日子，小黎同學成為文學社中的第 21 名成員。在他參加的第一次活動中，我讓他與同學們分享作為旗手的感受。當他講到「自信和驕傲，來源於內心的真愛」時，課堂上爆發出熱烈的掌聲！文學社每個月活動兩次，每次活動後我都會和他一路回家，然後在杏花邨分別。每每與他交流，我都深深地感動於他面對先天障礙的那份坦然，以及內心裏滿滿的自強和堅毅。我們成了好朋友。

元旦這天，小黎同學發來祝福的信息，並留了一段語音：「老師，每次你都會陪我們搭小巴、一路傾偈，好窩心，謝謝你！」誰說杏花邨裏沒有杏花？躬耕於杏壇，小黎和他的同學們，就似朵朵杏花，無時不刻把幸福的春光遞過來、遞過來……

小乞丐

只一眼，我便認出了他。右眼角的眉梢處，那個倒三角形的疤痕，醒目如初；眼神淡漠，只有在發現有人停下腳步、可能會對他有所施捨時，才多少浮起一些熱情的光亮。他只戴了一隻口罩，看上去有些髒。他的手瘦瘦長長，擺弄着一頂破舊的黑色太陽帽。這讓我的思緒一下子回到了七年前的夏天。

他戴着這頂標誌性的帽子，趁着蘭桂坊的夜色，穿梭在大大小小的酒吧之間，推銷各種「給力」的酒。人靚，笑起來清純又帶着些羞澀，很多買醉的中年女子喜歡找他聊天。我親眼見到他那瘦瘦長長的手，被醉酒的人緊緊地捉住。周圍的人開始起鬨，想要看他笑話。不料他毫不慌亂，連哄帶勸地將手熟練地抽出來，一溜煙地閃開了。我一下子明白，他那笑容裏的羞澀應該是摻了水分的。

一日夜深，朋友醉得厲害，我接到電話趕到蘭桂坊。酒店已經打烊，朋友在門口的台階上如爛泥一樣攤着，他在旁邊照看。幫我把朋友攙扶到計程車上，他興歎：「醉唔緊要，只要醒咗，就又係新的一日。」我聽出了一份沉重。

在深秋的某個深夜，我約他暢聊。他和弟弟是「二奶」的孩子，小學畢業那年，年邁的父親終於良心發現，瞞着香港的家人把兩個孩子從惠州接到香港，卻只能安排他們窩身於旺角的劏房，也沒有太多的生活費給到他們。

他讀中五，晚上到酒吧打工，養活自己，也養活弟弟。「再過幾年，把媽咪接來。」他說這是他最大的心願。

後來，我再沒見到他。聽一間酒吧的老闆說，他被住半山的人帶走、「過好日子去了」。而這個疫情肆虐的春日，我和他竟然在旺角的街邊邂逅。他似乎已不認得我。我將五百元紙幣放在那熟悉的帽子裏，他木訥的笑容，似有若無。

陪伴

那是一個春日的黃昏，從培僑書院出來，一段長長的斜坡，我和邦要行去港鐵大圍站。我倆都不認識路。幾名女學生從身邊經過，我剛要張口問，聰慧的女學生便說：「去大圍站？我們也去的。」然後示意我們跟着走。讀中四的邦，向同齡人送去了感激的目光。

斜坡有點陡，也有點濕。邦知我的腰傷剛剛治癒，便牽起我的手來。16 歲、個子並不高的他，手瘦瘦的，但觸碰到我的手時，卻沒有一點猶豫，那麼有力地握着，叮囑我：「老師，慢一點。」我心裏一下子暖暖的，竟不知道說些什麼。

到了轉彎處，走在前面的女學生怕我們跟丟了，轉過頭來看我們，便也看到了我們的手。女學生淺淺地笑了，我和邦對視了一下，也笑了。我問：「你不怕她們誤會嗎？會不會有些尷尬呀？」邦搖搖頭，把我的手攥得更緊了。

很快，到了港鐵站。邦小聲地叫了我一聲：「Uncle」，然後和我道別。我的眼角竟有些濕。邦在中西區的一間男校讀書，很想參加我在培僑書院主講的少年作家班，於是一放學就急匆匆地搭計程車趕到培僑書院。我帶他入校，生怕保安不允許進門，便隨口介紹說：「這是我的孩子。」沒想到，邦記住了。

晚上，和邦在 WhatsApp 中聊天，他和我分享文學課的收穫和感受。道晚安前，我又說到了那一段牽手的路。邦回覆我：「老師，你帶我遨遊文學世界，陪伴我走過成長的路，牽你的手，是我的感激，也是非常幸福的時光。我會長大，你也會一天天老去，但後面的路，我會陪伴你，繼續牽你的手。」

陪伴，就是人生中，那一次又一次的牽手——手牽着手，心連着心。

遇見

第一次見到你，也是這樣的早春，天氣有些陰、有些涼。介紹我們認識的唐先生，其實我也只見過一面。我的內心有些忐忑，又有些興奮。畢竟，我對這間百年名校傾慕已久，而作為校長的你，又大名鼎鼎。

你的頭髮梳得一絲不苟，眼神裏的光那麼亮，以至於你走進來，那略有些侷促的會客室，一下子充滿生氣。我已然忘記了那天說了什麼，只記得 20 分鐘裏，我爭分奪秒地講，你見縫插針地問。一來一往之間，偶爾相視一笑。看着你愈來愈放鬆的笑意，我便明白，雖然這樣的「公事」令你的大腦飛速旋轉，但你是喜歡的。

而我，歡喜着，開啟了一段旅程。我把我的文學課，帶到了你的校園，在那環繞着鳳凰木的院落裏度過了一個又一個美好的午後。每當我與你的孩子們一同徜徉在文學的世界，我都會不自覺地想，倘若不是你，恐怕這些人生中的美好便不會來臨。還記得有一次文學課後，我和孩子們撞見了剛好在會議間隙穿過走廊的你，便拽住你一起合影。你的眼神溫熱，耐心地揀選位置，終於帶我們在操場邊上的一處開闊的地方站定。那晚整理相片，發現背景裏的光與影，恰到好處地和諧着。我暗暗驚歎，你真不止有能力，更有性情和品味。

我們是那麼特別的好朋友，雖然並沒有經常見面，但我卻總會想起你。畢竟，幫助一個素未謀面的陌生人實現一個帶有人文理想的願望，在這行色匆匆、物慾橫流的時代，是多麼寶貴。謝謝你。前幾天，我們難得在午後的時光，在校園之外的地方，安安靜靜地吃餐飯，我們彼此講述着內心裏追求的純粹。那一天，是我們相識一週年呢。

一馬當先

今年的立春，和春節緊挨着。雙春報喜，暖意融融。一大早，將讀中四的小兒子從被窩裏揪起來，一路小跑，10 多分鐘就來到中半山的香港公園。早上 7 點，公園裏靜悄悄的，晨跑的人互相打着招呼；陽光安靜地灑在小葉榕的枝幹上，喚醒了滿樹的鳥兒。而那聲聲清脆的鳥鳴，恰到好處地趕走了小兒子的「起床氣」。本來一路上都在抱怨沒有睡懶覺的他，此刻發揮生物科優等生的特長：「這是畫眉、這是黃鸝，還有鵪鶉！」我欣慰地笑。

穿過香港公園，來到舊山頂道。我和小兒子都已經大汗淋漓。要不要休息一下？小兒子狡黠一笑：「這是新年第一跑，要一口氣跑完才好，吉利。」我知道這個小鬼頭又在信口開河，便問：「這跟吉利有什麼關係，你說出個道理來。」他不慌不忙：「你不是常教育你的學生們，要一鼓作氣、一氣呵成、一心一意……那麼多個『一』，都是中國成語裏的好兆頭啊，一口氣跑完，不也是『一』嘛。」我哈哈大笑。的確，我平日裹開中國文化講座，時常會從數字引出故事，激發孩子們的興趣。每次講座前，都會讓小兒子幫我檢查錯別字，沒想到一來二去，他竟然把這些都記在心裏了。

一路上山，風景愈來愈開闊。維港風光，在清晨的陽光裏格外鮮亮。路邊的花開得嬌艷，鬱金香、芍藥、山茶、荼蘼、杜鵑，爭先恐後地搖曳着，向路人問好。跑山的中年人、行山的老人、遛狗的少婦，臉上洋溢着友善的笑容。

到了山頂，我和小兒子一邊飲咖啡、一邊閒聊，我鼓勵他再說點關於「一」的好兆頭，他撓撓頭，「蛇年的香港，一定會更好、一定會『一馬當先』！」我狠狠地點點頭。

Joe 仔二三事

認識 Joe 仔的時候，他剛滿 16 歲。記得那天，我接到一項「額外」任務，擔任另一間學校的客座導師，跟選定的學生一對一地交朋友，和他們分享一些人生經歷。寫着 20 個學生名字的表格來到我面前，我想都沒想，就在第一個上面畫了圈，畫完之後，定睛一看，原來是個剛剛過了生日的男同學，中文名是「耀庭」。我心下一樂，這個名字定出自家族觀念很強的家庭，光耀門庭，對一個人來說，真是一生的鞭策。我小心地記下了耀庭的英文名 Joe 仔，以及一些基本信息和通信地址，很認真地給他寫了第一封信，原話記不清了，大意是很開心和他交朋友，希望可以多聯絡。

不到一個星期，Joe 仔的回信就到了我的案頭。拆開來，一頁 A4 的信紙，被蠅頭小楷寫得密密麻麻。我逐字逐句地讀完，清晰地感受到 Joe 仔的樂觀和真誠。他是班長，平日裏除了完成課業，非常熱衷於參加各類與中國史、香港史有關的活動。「老師，我覺得歷史的那份厚重，如果參悟了，人生就豐富了。」這樣的句子，讓我實在無法小看這個還沒有見過面的花季少年。我只是隨意寫了幾筆字，卻換來他這麼豐富的回信，我甚至覺得有些愧疚。

通信一個多月後，我和 Joe 仔見了第一面。還記得是在圓方的星巴克，他比約定的時間早到幾分鐘等我。喝咖啡的間隙，我問起他的名字涵義。果真，祖籍汕頭的他，出生在一個大家族裏，「責任就是壓力，壓力就是動力嘛」，Joe 仔的語言表達層次感很強。臨走時，我和他約定，每個月我都會推薦一本書給他，他會抽時間來細讀，再與我交流感受。和很多同齡的孩子不同，他的踐諾意識極強，幾年下來，那些推薦給他的書，他都仔細讀過，還寫了不少讀書筆記。我心下感動：我又不是他的「正職」老師，他完全可以不那麼認真的。

後來，我們的見面愈來愈多了，每次的話題也都不同。他會跟我分享學校的趣事，也會告訴我和同學之間的種種，開心的和不開心的。他的話語總是恰到好處，邏輯性很強。我知道這是擔任班長鍛煉出來的能力。我只是偶爾會建議他言語中的一些用詞，讓他的表達更豐富。忽然有一天，好脾氣的 Joe 仔給我打來電話，語氣很是激動：「他們怎麼可以那樣！」原來是他在返校的路上，看見有幾個高年級的同學嫌收垃圾的阿婆行得慢擋了路，便故意將爆米花弄得滿地捉弄她，然後一鬨而散。「那你怎麼做的？」「你教過我，與其生氣和勸阻別人，不如做好自己，於是我就幫阿婆把垃圾收好，就走開了。」Joe 仔的聲音恢復了理性，那麼可愛，令我欣慰。

報考記

讀中六的侄子火急火燎地打來電話時，我正在一個講座上和中學生們聊着如何用手中的筆寫下精彩文字、收穫豐富人生。中場休息，我將電話回了過去。「叔，今晚 8 點前就要提交志願了，我該選哪個專業才好？」原來，他獲得了校長推薦入讀北京大學的機會，在 70 多個本科專業中選得眼花繚亂。我看看錶，距離 8 點還有不到 3 個小時。

「你自己最想讀什麼？」我問。侄子語塞：「想不出來。」「那你讀了大學後想做點什麼？」侄子實在：「能有不錯的穩定收入，有能力報答爸媽。」都是心裏話，也都是實話。對於一個中學生來說，大學的專業五花八門，不論平日裏在口中筆下表決心時說得多麼雄心壯志，真到了具體填寫表格時，能毫不猶疑地找到自己最鍾意的方向，就已經不太容易；而面對那些專業的名字，別說是對他們，就算是我這個教書的成年人，也不一定能完全準確理解。

我告訴他，選擇與 AI 結合緊密的專業一定是未來容易賺錢的，但一定要明白自己的興趣點和特長以及短板在什麼地方，「再熱門的好專業，也有學得不好、畢業後過得差勁的人；再冷門的專業，也有學業優秀、能力超強，最後活得非常好的人。」講完這些，我讓侄子自己思考一下，待我講座結束再通電話。

侄子思考的結果，既出乎意料又在情理之中，發表過不少文章的他選了北大中文系，中國文學專業。我說，這個專業很難賺大錢。電話那頭的他語氣平靜：「選自己喜歡的，才能快樂學習，也才不會後悔。」我心生慚愧：講座時大鳴大放地鼓動學生們熱愛文學，到了自家侄子選擇中文專業時卻首先提醒他「難賺大錢」。幸好侄子還是堅持了自己的選擇。

補習記

去年秋天，Eric 同學憑藉年級第一的成績，從般咸道上的百年名校轉去了九龍仔的另一間百年名校。從小就孤寒無比的他，即便知道這個排名全港前三的男校裏強手如林，他依然不肯上任何補習班。他只是央求母親在學校附近租房子，以省出更多時間溫書。他母親絕對的「孟母」再世，一刻也不敢耽擱，花了大價錢在界限街上租了兩房一廳。在新居裏，我試探 Eric 的決心：「當真不上補習班？」他輕蔑地瞥了我一眼：「腦子好使，不用花那冤枉錢。」

可不到兩個月，Eric 就頂不住了。他破天荒地主動找到我，央求我幫他找補習老師。我好奇：「那麼多補習社，幹嘛要我幫忙？」他委屈：「班裏學習最好的那些人，在哪個補習社開小灶，是甲級機密，各有各的『秘笈』，怎麼也問不出來。」我揶揄：「你不是腦子好使嘛，怎麼也開始要補習了？」他嚎啕：「不補是真幹不過人家啊！那些題，補習了的人都做得出來，我這樣沒去過的，要麼做不出，要麼想半天，最後卷子都答不完！」

孩子愛學習總不是壞事，於是我動用了各種關係，幫 Eric 找「名師」，價格自然不菲。功夫不負有心人，一年過去，Eric 終於在這個全港排名前三的男校裏全年級排名前三了。Eric 現在的課餘時間，要麼在補習，要麼在補習的路上。他如今完全不在乎補習費了，倒是「孟母」開始後悔租了那麼貴的房子，在之前經常光顧的奢侈品店前暗暗咬緊牙關，又默默離去。

考試分數是一回事，能力又是一回事。補習為了應對考試，這是純粹的考試經濟在影響老百姓的日常生活。我在想，那些連吃燒臘飯都不敢放開肚皮的基層子弟，即便智商再高，又如何敵得過這樣的考試經濟？

話術

一個朋友的朋友，為了不暴露性別，就用 G 來代替吧。G 喜歡寫點文字，週末常給中學生開「寫作坊」賺外快。我沒去過，但為了「友誼長存」，我把信息發給了我的學生們。

那晚，小駿通過短訊同我討論課業，差不多完結時，「你真好」這 3 個字跳了出來。我嚇了一跳，要知道小駿是個多麼靦腆的中三男生。每次上完課，他即便有很多想聊的問題，都會因為其他同學在場而悄悄地走開，然後再用短訊和我交流，並用「謝謝」來作結。今天這是怎麼了？我心下好奇，先雙擊「你真好」這條信息、送上「紅心」鼓勵，接着問他：「今天晚上吃蜜了嗎？」小駿告訴我，是 G 教的，「要想讓作文顯得豐富，就要多用一些話術，把文字變多，把感情變豐富」。

我開始觀察去聽過 G 的寫作坊的學生，久了，還真的從他們寫作習慣的改變裏找到了一些共性，最明顯的就是「話術」。比如，大偉寫他自卑於外表，「我想，我的樣子大約是很有挑戰的」；比如，小陸寫隔壁班的女生送了他一個蘋果，「我真的好感動好知足好滿意好幸福喔」；比如，小歐寫她腹痛難忍，「廁所裏的紙巾飄呀飄呀，好着急喲」。成年人的話術，就這樣悄無聲息地走進了天真無邪的童真，並讓孩子們以為，這是寫作應有的樣子。而語言為什麼不能回歸語言本身呢？我忽然愧疚於自己不經意間成了 G 誤人子弟的幫兇。

每到節日，G 都會寄來卡片，上面用水筆洋洋灑灑地寫着「你真好」等等的話術之辭。文字變多了，情感就豐富了嗎？喜歡簡潔，應該是人生境界，非要到一定年紀才能做到。

於是，我終於刪掉了 G 的聯繫方式，並在 Block 鍵上輕輕按下一聲歎息。

青春交響

上星期，帶幾名學生去北京開展研學活動，聽香港特區政府駐京辦的朋友說，亞洲青年管弦樂團當天在國家大劇院有演出，我當即決定帶學生們去看一看。我問他們，白天去了故宮、天壇和景山公園，已經很累，晚上再去國家大劇院，想不想？他們異口同聲地說：「當然想！」漢華中學的盧諾謙告訴我，亞洲青年管弦樂團是以香港為「家」的樂團，很多愛好樂器的香港青年以能加入它為榮。

當晚 7 時 30 分，音樂會在《波吉與貝絲》組曲中拉開帷幕。伯恩斯坦的《西區故事》交響舞曲、雷斯畢基的《羅馬的松樹》，以及穆索爾斯基的《圖畫展覽會》……一曲曲大氣磅礴、富有民族風情的浪漫交響，讓孩子們沉浸在藝術的海洋。英華書院的梁均溢是個熱愛藝術的中二生，他一邊欣賞，一邊在小本子上有心地記下感受：「長笛和圓號結合，模仿清晨的鳥鳴」、「大提琴在最右，之後依次是中提琴、小提琴」……合上本子，他感慨地說：「在國家大劇院，看到香港的同齡人，把優秀的藝術帶到祖國首都來，真是一種特別的體驗。我也是香港的學生，我在想，自己應該更努力，下次也帶點『優秀的東西』來北京！」

聽了孩子們的這些心裏話，我的心像是吃了蜜一樣甜。帶香港的孩子們看祖國，到內地研學，如果能讓他們在不同的領域都有所觸動，激發他們的進取心，再辛苦都是值得的。

這一場交響樂，不僅僅是亞洲青年管弦樂團的演奏，更是孩子們在觀看和思索之後，持久地迴盪在心中的青春交響。

特別的十六歲

輪到小賢（蔡銘賢）同學出場了。他落落大方地坐在鋼琴前，深深地吸了一口氣，白色的校服上，帶有紫荊花圖案的紅色標誌格外醒目。只見他微微地側過臉，點了一下頭，指尖便落了下去。頃刻，音符開始在琴鍵間流淌，年少的心事、美麗的憧憬、夢想中的七色彩虹，都在這一個時間和空間匯聚，是《少女的祈禱》——小賢用了幾天的時間，就把這首曲子練得有模有樣，真心不易。曲畢，台下掌聲雷動，暖意融融。

一星期前，小賢和 30 多名香港中學生一道，到內地開展暑期研學。出發前，當得知將在中國最大的邊境城市丹東與同齡人開展交流時，小賢主動請纓，說可以彈奏一首鋼琴曲，既可以作為對接待方的答謝，又可以當做送給內地同齡人的特別禮物。作為帶隊老師，我對小賢的這份主動很是欣慰，鼓勵他彈奏自己熟悉且拿手的曲目。小賢很細心，出發時，他「推動」我去多了解一些交流方的情況。當得知同齡人來自丹東市特殊教育學校，是一群身殘志堅的孩子時，小賢決定演奏《少女的祈禱》這首帶着美好和希望的世界名曲送給他們。可是這首曲子小賢並不熟悉，甚至有些陌生。但他一路北上、一路苦練，直到上場前，我也還是為他捏了把汗。

主持人問小賢，從香港到東北，有什麼樣的感受。這個來自中華基金中學的四年級男生，俏皮地用東北話回答：「賊好！」他還告訴主持人，到丹東的第一件事，就是在丹東港公司的幫助下，看到了歷史課本裏的那條鴨綠江，這讓他的 16 歲格外不同。

是的，2024 年 8 月 8 日，這一天是小賢 16 歲生日，他說：「真是太特別了！」

初見

香港回歸祖國週年慶前一天，早上 9 點，我來到葵涌石籬二邨，參加「老友記」義工活動。與以往派福袋不同，這一次義工主要的任務是「逛街」和「陪伴」——3 個義工一組，上門與獨居老人聊天，了解他們的生活所需，和他們一同制定願望清單，然後陪他們一起去社區裏的商場購物，再把買好的東西送回家。

義工們 3 個一群、5 個一組地做準備工作。忽然，聽見有人驚訝地喊：「呀，蔡局長（教育局局長蔡若蓮）來了！」我抬頭望去，只見一個溫和又幹練的身影躍入眼簾。蔡局長身穿天藍色的義工服，領口佩戴着教育局義工隊標誌的徽章，愛心的形狀在陽光下格外醒目。蔡局長熱情地和大家打招呼，誠懇地對街坊說：「今天的義工活動很有趣，我也來做義工！」

很幸運，我和蔡局長分在了一個組，同一個組的還有來自英華書院中二生梁均溢。我們來到石怡樓的李婆婆家中。蔡局長拉着李婆婆的手，聊起了家常。李婆婆今年 80 多歲了，家人都不在香港,「平日不太願意去熱鬧的地方,會覺得更悶。」不知不覺間,李婆婆向我們吐露了心聲。蔡局長一邊用心地記下李婆婆的願望清單,一邊將自己的聯絡方式寫在一張便箋紙上,貼在櫃子顯眼的地方,並告訴李婆婆悶了就給她打電話。

我們來到商場,購買了大米、捲紙、花生油,還有李婆婆愛吃的小零食——山核桃仁。李婆婆慨歎,「要是你們能每天都來就好了。」蔡局長在貨架上挑了好一陣,將兩份夏日裏潤肺的湯包放在購物車裏。將貨物送回去的路上,我提着東西的手幾次和蔡局長的手碰撞在一起,我感受到一份柔軟的善意和善良的溫度傳遞過來。

兩個多小時,蔡局長一絲不苟地和我們一起做義工。這是我第一次見到她,那份溫和與端莊、真誠與友善,深深地刻在了我的心裏。

日日繽紛的源點

從中環到深圳，倘若想把交通費節省到極致，該如何去？前兩日，一個在怡和大廈工作的「00 後」金融男，一臉自豪地告訴我：「從中環搭乘 9 字頭的巴士到元朗，只需 20.4 港元。元朗有去落馬洲口岸的免費巴士。我和媳婦兩個人，加起來還不到 41 港元！」我歎為觀止！如今，北上消費，不但吸引了「平民」階層，就連金融行業、月月高薪的翹楚，也這樣精打細算。

看來，我真的需要與時俱進，因為我的思維還停留在「過去」，從中環搭港鐵到落馬洲，刷八達通要 40 多港元一個人。聽說港鐵又要漲價，以後怕是要超過 50 蚊。

各行各業都絞盡腦汁「便民服務」，但倘若人人都北上消費，那香港如何「繽紛」？每當我聽到身邊的朋友們大力讚揚在大灣區的城市過週末，如何吃得又便宜又美味、購物環境寬敞又省錢、服務員笑臉相迎真正做一回「上帝」時，總不免有些失落。眼下的香港，拿什麼來吸引「上帝」們南下香江而且心甘情願、爭先恐後地從口袋裏掏出真金白銀呢？

上個星期六，我在尖沙咀本港某連鎖茶餐廳用早餐，推推擠擠地拼桌落座，這倒是沒什麼。服務員不知何時已經是清一色的大叔大媽，那抹桌布油油膩膩地在我落座時「橫掃千軍」，以至於我不得不小心翼翼地從包裹拿出紙巾，又重新擦了一遍桌子。與我拼桌的是一個內地客，20 多歲的樣子，見我如此這般，竟也效法起來——不過，他比我更愛乾淨，從包裹掏出來的是消毒濕巾。這張枱終於乾乾淨淨，我們四目相對，會心一笑。只不過，我內心的負疚感油然而生，感覺是自己的「嫌棄」引發他產生不良的觀感。

從夜繽紛到日日繽紛，多麼期待接待八方遊客的香港，消費環境更舒適一點，店家不論大小笑容更真誠一點，物價更合理一點。無數個「一點」加起來，就是日日繽紛的源點。

娘

「孩兒，天涼了，記得加衣裳！」「換季了，天氣乾，多喝水多吃水果，我的孩兒！」微信聯繫人有幾千個，會發這樣的信息給我的，只有「娘」。

30 年前，讀中學的我到恩師陶先生家做客。他拉過我，跟我說：「這是你師母，你應該叫『娘』。」這是北方人的習慣。那是我第一次見到娘，小心翼翼地望過去，娘個子不高，為家庭操勞的艱辛印刻在含笑的面容裏。我怯生生地叫「娘」，她拉着我的手，塞過來一個削好的蘋果。

中學 3 年，我經常去恩師家，也便經常見到娘。娘脾氣特別好，一直在照顧 80 多歲癱瘓在床的公婆，毫無怨言。我去家裏，趕上飯點，她總會想法做些我喜愛的菜。我那時候年少，常常風捲殘雲，娘總擔心我吃不飽。有一次，我急着吃完飯去打球，將幾粒米剩在碗裏，娘將我叫住，要我一定要把米吃乾淨，「孩兒，能吃米是福報，要吃完才好啊。」30 年過去了，這話我一直記着。恩師和娘年輕時日子緊巴巴，上有老下有小，恩師有些年脫產進修，生活的重擔就壓在娘身上。她沒有抱怨，卻懂得珍惜生活的每一點福報，並言傳身教給子女們。

恩師退休後，娘跟着恩師到北京的兒子家生活。那時，我也工作了，有時候到北京出差，見到娘，她還是會一遍一遍地叮囑我要當心身體，注意飲食。她知道我胃不好，每次見面，都會說「吃飯要細嚼慢嚥，別吃生冷的」。後來，有了微信，娘就經常在微信上發來信息。我每一條都認真讀了，卻很少回覆。

前兩週，娘忽然離世。翻看着手機裏那一聲聲「孩兒」，我的眼淚就忍不住掉下來。

目送

他在我身邊睡着了——腦袋一歪，不偏不倚，正搭在我的肩膀上。我甚至能聽見他的鼻息，那種極度疲累和睏倦之後的深睡，但顯然這鼻息又那麼年輕，那勻稱的節奏裏沒有半點「鼾」的雜音。我不由得調整自己的呼吸，讓身體盡量保持平穩，小心翼翼地，生怕弄醒了他。

其實，我早就注意到他了。從荔景到社區的這趟巴士，是我年復一年返工放工的交通工具。晚上 10 點之後，幾乎都是上班一族，或是西裝革履、紅光滿面，或是一身便服、滿臉倦容。所以，當穿着校服的他，在中途上車時，格外惹眼。瘦瘦高高的個子，略有些鬈曲的黑短髮，高挺的鼻樑，皮膚白皙，更添了一份斯文。他將小提琴從肩上卸下來，抱在懷裏，小心地坐在我身邊的位置上，生怕驚擾了我，還衝我禮貌地微笑着，像是表達一份歉意。於是，我對這個頗具行為素養的學生一下子好感倍增。

大概也正是因為這份好感，當他在我肩膀上睡着的時候，我就格外不忍心將他喚醒。上橋、下橋、轉向，車輛在公路上疾馳，我不斷地暗暗調整自己的用力方向——這個忙碌了一天學業又練了一晚上琴技的學生，或許是太勞累了。

一刻鐘後，到了終點站，司機大力的急剎車都沒有晃醒他。我輕輕地拍了拍他。他揉揉眼，一下子臉紅了。他連連說着「不好意思」，然後收拾東西下車。幸好，他和我住在同一個社區，也便沒有坐過站。

我們的家在社區裏的不同角落。簡單地聊了幾句，我們便分手了。當我行到轉角的時候，不經意間地轉身，我竟然發現他依然站在我們分開的地方，一直目送我。見我回頭張望，他又衝我揮了揮手。

多年過去，那目送的情景，一直在我心頭，傳遞着溫暖的默契。

那雙手

那雙手，大概是我能夠堅持晨運最重要的理由。每週一和週三，我都會早早爬起來，坐巴士換港鐵，趕在8點前來見暢華。他把咖啡遞給我：「喏，今天加了豆奶！」那杯套上有他手心的溫度。我們會心一笑。我知道，那雙手，等一下會幫助我熱身、拉筋、打開關節、放鬆肌肉，不疾不徐，讓我在運動的樂趣中收穫信心，帶着能量開啟新的一天。

起初，我對那雙手是心存疑慮的：物理治療師畢竟不是醫生，憑什麼一次物理治療要比健身課貴近一倍？後來，我漸漸地明白了物理治療的奧妙。至少，在暢華的手上，我感受到了與單純的健身運動相比，物理治療具有更豐富的內蘊：它更關注科學和健康，特別是身體的韌性和精神情緒的協調統一；它更懂得安撫我的情緒，讓我既不會因為身材而焦慮，也不會放棄對更美好自己的追求。

我很幸運，因為不是每個人都會遇到那樣一雙善解人意的手。很多時候，當暢華一邊治療一邊和我小聲交流，為我的工作加油、為我紓解緊張和壓力時，那雙手在關節處不疾不徐地按壓、揉搓，我能感受到那雙手傳遞而來的一份遠遠大於物理治療本身的善意和溫度。在這個商業社會，人和人之間的交流往往拘囿於商品的等價交換，但我在商業行為之外，能夠體驗到人文的氣息和底色，這是我之前在健身房、被健身教練拚命加重量和大力塑型不曾有過的。

年輕時，單純地追求外形美，肌肉、線條，樣樣都想要；人過中年，漸漸明白，付出了同樣的時間，塑心遠比塑型重要得多。遇到一雙能夠耐心、溫和的手共度運動時光，實在幸運。

朋婚記

望着桌上的信，我竟有些恍惚，這是相識多年來阿坤第一次給我寫信。信封上的地址和名字都用中文，顯然是阿坤特意為之，他知道我更喜歡看到中文的感覺。而阿坤從小到大都是最慣用英文的，如今作為醫生，工作語言更是英文。遷就對方的習慣而放棄自己的喜好，這應該也是友情的一種方式吧。我不禁暗暗欣喜——阿坤還是很在意我的，即便是這樣的小小細節，也藏着體貼和真誠。

打開來，是一張婚禮邀請卡。我既為他高興，又有些黯然：有情人終成眷屬，當然是喜事；可想到他為人夫，過幾年又將為人父，必定更加忙碌，一年到頭就更難得見上幾面，就不免有些失落。

在香港，我最在意的朋友，就是阿坤和阿銘了。前幾年，我們都是單身漢的時候，經常一起打網球，港大體育館是我們約會的老地方。後來，愈來愈忙，打球少了；再後來，疫情來了，約會改到了銅鑼灣——不論晚餐吃什麼，最後總會到希慎廣場吃日本甜品，把沒有說完的話聊盡，結果卻總是聊不盡，一直到甜品店打烊，才戀戀不捨地道別。

前年的一個春夜，我從阿坤略有些興奮的腳步裏嗅到了戀愛的味道，便問他是不是急着去見意中人。已是專家級別的阿坤醫生竟如大男孩般羞澀地點點頭。於是，3 人行變成了 4 個人。看着他和她幸福地在一起，我和阿銘頗感欣慰，甚至有些妒忌。日子是甜的，友情是甜的，愛情是甜的。在見不到阿坤的日子，我會偶爾去那家甜品店坐一坐，喝一杯茶。

我想，不論阿坤以後如何忙碌，我都會時不時地問問他，還記得甜品店的味道嗎？如果有空，我們 4 個人就老地方見吧。

桃與「李」

中秋節前的那天晚上，Joe 仔約我在圓方碰面。電話裏問「有咩事」，他嘿嘿一笑，說見了就知，還信誓旦旦地保證絕不是整蠱我這個「編外老師」。我並不在他的學校任教，3 年前在一個社會公益的師友計劃裏相識。我們經常利用週末的時間約出來吃飯、行山，或是單純地喝杯咖啡聊聊天，他給我講學校裏的趣事，我給他講我工作中的煩惱。我們亦師亦友，成了「忘年交」。轉眼 Joe 仔就進入了中六，我和他的見面少了許多，偶爾會在週末時為他補習中文。每次補習完，我們似乎有聊不完的話，以至於 Joe 仔每次都大叫「要遲到了」，然後一路狂奔去下一個補習課。就這樣看着 Joe 仔從 15 歲到 17 歲，一天天地長大，一天天地懂事；而 Joe 仔也成了我生活中的重要一員，是學生，更是家人，我們相伴前行，我內心裏平添了許多慰藉。

到了港鐵九龍站，Joe 仔早已在之前經常喝茶的門店前等我。他像變戲法一樣，從身後拿出一個大盒子，用塑膠袋包裹着，遞給我。我接過來，沉甸甸的。將盒子取出來，哇，原來是日本和歌山縣水蜜桃！我只是有一次在講到一篇散文時，聯繫到文章內容，無意中提到我最愛吃這個地方的水蜜桃，他竟然就有心地牢記了！Joe 仔見我欣喜不已，他也十分高興。我嗔怪他不該亂花錢，他說這是全家人的一點心意。他還說：「老師，你看，這是『桃』，我姓『李』，送給你這樣一份節日禮物，是不是很好的意頭？你桃李滿天下，真光榮！」這一刻，我內心的激動、感動無以復加。多麼好的學生！

漢代韓嬰《韓詩外傳》:「夫春樹桃李，夏得陰其下，秋得食其實；春樹蒺藜，夏不可採其葉，秋得其刺焉。」君子培養人才，首先要觀察學子的人品，選擇品德高尚的人來培養。於 Joe 仔，是一個懂得感恩的人，他在成長過程裏，努力地活出心靈的溫度。我這個編外老師，是多麼幸運呀！

美鳳二三事

這篇文章見報時，我辦公室門外的那工位上，應該已是空空蕩蕩。美鳳是極愛整潔的人，想必除了她的名牌還來不及換下，再看不到她工作過的痕跡。美鳳的離職，讓我心底裏很失落。她沒有告訴我她的下一份工作是什麼。我只能在每日上環港鐵站熙攘的人潮中暗暗地祝福她，但願她新的工作地點不會離觀塘太遠，這樣她便不需要每日擠那麼久的車。

3 年前，疫情剛起那陣子，我在美鳳工作的那個樓層，分到了一間辦公室。那層樓的辦公區，是元旦簽的租約，剛裝修好，春節時殺到的疫情便令大家居家。待 5 月份又恢復正常上班，我搬去，就認識了美鳳。她剛剛入職，負責一些對外的公益工作，話不多，但每日上下班很是準時。我問：「你在內地讀過書？」她瞪大了眼睛，表示不可思議，「怎麼會，我一直都在香港讀書呀。」「那你的普通話怎麼這麼好？」我的確是從她的話語來判斷的，她講的普通話完全沒有香港味，雖然不能和內地的電台主持人媲美，但也足夠好，以至於讓我有這樣的聯想。「我還是學過的嘛。再說，我的媽咪和姐姐都是從內地過來香港的呀。」她嘿嘿地笑了起來，那笑容，像一朵靜美的白菊，好看極了。

有那麼一年多的時間，整個辦公區域只有我們兩個人。有時候便會談天——那時，談天是需要額外的信任的，畢竟，那陣子疫情的病毒很是厲害。美鳳跟我講起她對社區工作的理解，「我們平日裏省下的一點一滴，在救助社區上面，可以派上大用場的。」這話給了我很大的觸動。還記得第一次去深水埗的某個社區做義工，就是美鳳帶我去的。那個社區 50 多年歷史，很多孤寡老人。美鳳說她中學時就經常來，跟那些老人家很熟悉。那次義工行動之後，我慨歎地說：「只可惜我們的力量太小了。」美鳳笑着搶白我：「你認識那麼多學校，也認識那麼多青年組織的人，不要老想着跟他們吃飯，多想着發動他們都去社區做點好事，那力量一定就不小呀。」真是一語點醒我！後來，在美鳳的指點下，我聯絡 100 多個年輕人，定期到一些特殊教育學校和有需要的社區裏做義工、送溫暖。

3 年來的相處，讓我從美鳳身上學到了很多。她的直率，她的善良與坦誠，更重要的是，她不似職場的老油條們，懂得那些所謂的職場法則，只說漂亮話、場面話。她不，她總是彬彬有禮地一針見血，直言不諱，但她毫無惡意，善意地給人提醒，催人進步。美鳳的離職，讓我少了可以整日面對的一個「鏡子」，真是捨不得。

出海記

半月前，阿桓張羅「船趴」。起初不想去：一來從小就暈船，能在陸上走絕不水上行；二來陽光猛烈，玩的時候痛快，回去後弄不好就掉層皮。可阿桓真心實意，當我看他費心費力地協調幾個友人的時間，又覺得不好不去。於是，那個萬里無雲的週六，我在中環碼頭登上了遊艇。

一路向東，直奔西貢。這還是我第一次搭乘私人遊艇在維港上「橫行」，以往在岸邊打卡時的景致此刻如此切近，我一下子怦然心動，任憑浪打船搖，也決意好好賞玩一番，才不虛此行。正打算拍些相片，阿桓拉我來到艙內，介紹他邀請來的幾位朋友互相認識。我心裏惦記着那沿岸的風景，寒暄完畢就急吼吼地去上層甲板。銅鑼灣的高樓大廈鱗次櫛比，筲箕灣的屋村綠意盎然，小西灣的水道豁然開朗，海天一色的通透，令人心曠神怡。我安安靜靜地欣賞，偶爾拿出手機拍幾張，海風輕拂，愜意極了。

約摸 40 分鐘，在布袋澳上岸吃午餐。席間，一從內地來香港的朋友問：「作家老弟，你剛才去哪裏了，怎麼沒見到你？」另外幾個同行的香港朋友也投來了關注的目光。「去看看風景，吹吹風。」我微微一笑。「風景啥時候都能看嘛，多嘮一嘮才開心。」「嘮一嘮」，讓我聽出了這朋友直爽的東北口音，有一種莫名的喜感，不禁嘿嘿地笑出聲來。

阿桓忙替我解釋：「哎呀，我這個作家朋友暈船，所以就去吹風。」「啊，不，不是的，我今天一點都沒暈。我就是覺得風景更好看！」我想都沒想，脫口而出。這份率真，引得滿桌子的人都笑了起來。這時，另一個看起來比較沉默的新朋友忽然張口：「回程的風景也很好。」這個新朋友是個面容清瘦的老大哥，阿桓介紹他時我沒有聽清名字，也沒有來得及問是做哪一行的。我點點頭：「早上和下午的景致一定會不同的。我喜歡看這些不同。」

老大哥微笑着繼續問：「前兩天，編輯部收到你的稿件，一組詩。挺長的。」這下輪到我驚訝了，莫非他就是那家大名鼎鼎的文學雜誌主編？阿桓見我愣住，連忙又介紹起來。果然，我猜得沒錯。「其實，我並不擅長寫詩的……」主編忙問：「那為何把詩寄給我們？」「因為那是我幾年前讀碩士的時候寫的，完了就擱在抽屜裏。上個月收拾東西找到，覺得那是我的青春，就順手寄給了你們……」話未說完，我感到這些大實話似乎不妥，沒想到主編哈哈大笑：「率真的性情中人！稿子，可用！」

清華生耀庭

去年夏天送耀庭北上時，他個頭和我差不多。而放了寒假，回港第二天就來見我的他，已然高出我半個腦袋。「長大了！」我脫口而出的驚歎，令他白皙的臉上頃刻多了些許紅暈。

腼腆的耀庭中六時保送到清華大學讀書。開學時，距離他的 18 歲還有幾個星期。他每天給我發來微信，興奮地和我分享新鮮的大學體驗：「到清華之前，以為這個尖子生薈萃的地方，肯定書呆子很多，沒想到，大家都有各種體育特長，而且校園裏面到處是運動的身影。」「哎呀呀，數學題目的確好難，但老師們很有耐心，我這隻來自香港的小學雞，實在有點弱，但還是愈學愈開心。」「我報名了馬術課程，每週都要學習騎馬，明年我們一起去內蒙古大草原好不好？」

說實話，作為陪伴他成長了 4 年的導師和長輩，最初我還是頗擔心，畢竟清華大學的學業要求是極其高的，再加上遠離故土，我真擔心他不適應。可是，如今看着眼前愈來愈沉穩的他，我十分欣慰。

我猜測了很久，我們見面時他會首先和我分享什麼感受——我們約定過，他要把最重要的感受第一時間告訴我。結果真的是出乎意料，他說：「只有離開過故鄉，才知道思鄉是怎樣的一種情結和滋味，也才更能明白為什麼那麼多古詩詞中，對家鄉的思念是中國人永恆的主題。」我有些欣慰。可他接下去的話，更令人吃驚：「這是讀大學後的第一個春節，我得回來過，但我想好了，之後的暑假和寒假，我都會參加清華大學的志願者服務隊，去山區支教。」他的眼神閃着堅定的光，那麼亮。

「禮貌」的粗暴

上星期五，去學生家做客。這是我從教以來最喜歡和最欣賞的學生，沒有之一。他學習勤力、善於思考，而且樂於助人，做班長非常稱職，班級裏的學生事務被他打理得井井有條。課外時間，我經常和他一起去做文化研學活動，香港的麥理浩徑，兩年下來，我們竟一點一點全部走完；今年復活節，我們一起去了北京。他喜歡和我講心事，我也經常給他分享我的人生經歷。暑假後他就要進入中六的學習，我們師生兩人的課外活動一定會大大減少。所以，他邀我和另外一名老師去做客。

他家在尖沙咀的一個屋苑裏，由大名鼎鼎的某鐵路公司管理物業。他為我準備了滿滿一盤子荔枝。我心下感動：這個有心的孩子，在一次活動中無意得知我最愛吃荔枝，便有心牢記。我邊吃邊看他，他會心一笑。我欣慰於這樣的默契。他帶我參觀他的書房，書架上唯一感覺不太搭配的，是一個奇華月餅的方盒子。見我疑惑，他哈哈大笑：「這是你送我的中秋節禮物呀。」原來是我帶他的第一年，中秋節時買了一些月餅，寄給了幾個同學。他竟然把盒子留起來了。他把盒子打開，裏面裝了一盒子的信件和卡片。「一共有 30 封信，都是你寫給我的。」我自己都沒意識到，我竟然給他寫過這麼多的信！有去內地參觀時，寄的明信片；有去台灣時，寫下的信箋；還有去日本時……看着看着，我的眼睛就有點濕。

坐了一陣，我起身告辭。下樓才想起，我們還沒合影留念。看到屋苑裏的梧桐樹長得可愛，便讓同事幫手拍張照片。豈料，同事剛剛把相機架好，我們還沒有準備好拍照姿勢，物管的值班員就過來打斷了我們，不問青紅皂白，帶我們到大堂問話，口氣裏滿是嘲諷——「用手機就不算專業，用專業相機就算是專業拍照……」一口爛到不能再爛的普通話，說了一大堆病句，我聽懂了，無非就是想說，不能拍。

我問他，你有什麼條款和依據？他振振有詞：私人地方呀，誰知道你是不是有商業用途？我反識：這屬於「有罪推定」，你沒問過就認為我們有商業用途，是不是主觀又武斷？就算你們要詢問清楚，也不應該是這樣粗暴的方式，要知道，這裏的主人是業主，並不是物管。

見我說他粗暴，那個胖頭胖腦的值班員連忙說：「我有用禮貌用語……」我直視了他幾秒，輕蔑地糾正：「真正的禮貌是發自素養、教養和內心，而不是口腔，如果我很真誠、很禮貌地講粗口，是不是你也會接受？」

作文雜記

內地高考第一天，作文題目成了全國關注的熱點。讀中三的泓林問我：「內地和香港在高考作文的命題上，哪個更好？」我一下子說不出來。從最直觀的感受來說，不論是香港的 DSE 考試，還是內地的高考，作文命題都重在考察「開放性思維」的能力，並不容易區分出高下。

聰明的泓林於是換了一個問法：假定你是今年的中六考生，把香港的作文題目和內地的作文題目放在一起，你會選擇哪個？這真是個好辦法，我饒有興趣地試了一下，結論是：我更想寫天津卷的作文題目。

那是一道材料作文題目：

與有肝膽人共事，從無字句處讀書」，一代人有一代人的使命與挑戰，一代人有一代人的責任與擔當。一個世紀前，在天津求學的周恩來撰寫了這副對聯，在交友處事和讀書求知方面警勉自己。品讀此聯，你有怎樣的聯想與思考？任何角度，寫一篇文章，不少於 800 字。

老實說，這對聯我也是第一次見，但一見傾心。這副對聯讓人有話可說、有話想說、有話必須說，甚至有種不說出來不痛快的感覺。我告訴泓林，我會圍繞「香港青年的責任與擔當」，寫出內心的想法和激情。作文究竟是什麼意思？泱泱中華，從古至今，作文都是衡量和選拔人才的重要方式。作為獲得高等教育資格的選拔考試，也是考生一輩子中最重要的一次考試，不但要從知識的角度、技能的層面，促使青年人在寒窗苦讀的過程中提高能力，獲取具有競爭力的分數，更應該通過考試，讓大家有收穫。比如，這道作文題目，精心地選擇了發生在當地的一件名人往事——周恩來年少時寫下的對聯，令人倍感親切。而對聯本身，讓考生可以在應試的同時，領會其思想的豐富內涵。與什麼樣的人交友，用什麼樣的方式讀書，說到底，都是要更好地發展自我，報效祖國，為香港的繁榮穩定貢獻力量，無愧於時代。我一直相信，不論是內地高考作文，還是香港 DSE 考試的中文寫作環節，都承載着「教育人」、「引導人」、「激勵人」的功效，與其寫一些百感交集的晚餐之類的情景文，倒不如在考察文字功底的同時，讓學生們提高自己的思想認識，可謂一舉多得。我相信，這也應該是香港教育目前需要的。

行文至此，我不禁想到某一年，香港 DSE 考試的作文題《校服的自述》，連同再早一些年頭的《檸檬茶》，雖然教育界人士對這樣的題目褒貶不一，但我自己倒是很喜歡。讓學生在文字馳騁中放飛思想，我手寫我心，作文的意義大抵如是。

亞洲雄風

每到舉辦國際性的大型活動，特別是體育賽事，都會設計或是創作專門的文化作品。拿北京冬奧會來說，它的吉祥物「冰墩墩」，以熊貓為原型進行設計創作，象徵着冬奧會運動員強壯的身體、堅韌的意志和鼓舞人心的奧林匹克精神；而之後的冬殘奧會的吉祥物「雪容融」，則以燈籠為原型進行設計創作，表達了世界文明交流互鑒、和諧發展的理念，體現了冬殘奧運動員的拚搏精神和激勵世界的冬殘奧會理念。記得去年春節，「冰墩墩」一度成為人們互相拜年串門時最受歡迎的伴手禮。

伴隨大型體育賽事問世的文化作品，除了吉祥物，更有主題歌。記得 1998 年世界盃期間，我正讀大學，學校幾十座宿舍樓，都有宿舍在播放《生命之盃》——那一屆世界盃的主題歌，讓人心情澎湃、激動萬分。即便在世界盃比賽過後，這首歌在全世界掀起了傳播熱潮，成為很多足球節目用來烘托氣氛的第一曲目，歌曲中的鼓樂節奏和號角奏鳴頗為煽情，生命之盃——世界盃，每一名足球運動員都要為之奮鬥的最高追求。我大學畢業典禮上，體育系的畢業生專門演唱了這首歌，讓畢業典禮差點成為足球賽事的開幕式！

不過，這類作品當中我最喜歡的是 1990 年北京亞運會的一首歌曲，由歌手韋唯、劉歡演唱的《亞洲雄風》，它完全超越了體育歌曲範疇，甚至可以被稱作流行歌曲。激昂高亢的旋律顯示了炎黃子孫的強大富足和同亞洲各國的深厚友情。「我們亞洲，山是高昂的頭；我們亞洲，河像熱血流。我們亞洲，樹都根連根；我們亞洲，雲也手握手。莽原纏玉帶，田野織綵綢；亞洲風乍起，亞洲雄風震天吼！」我實在太喜歡這歌詞了。每每聽到這一連串的擬人句、排比句，我的心裏湧動的是作為炎黃子孫的無比自豪。

值得一提的是，雖然這首歌當時並沒能成為北京亞運會的主題歌，但卻是那場盛會當中，流傳最廣的歌曲，很多人至今仍誤以為，這首歌才是當年北京亞運會的主題歌。

那是第 11 屆亞洲運動會，更是中國第一次承辦亞運會，也是亞運會第一次在社會主義國家舉辦，參賽代表團數達 36 支，除約旦和伊拉克外，其餘亞洲奧林匹克理事會的成員都組團出席。一些在中國本不流行的體育項目，如皮划艇、卡巴迪、藤球、軟式網球等，受東南亞國家的影響，開始出現在亞運會的賽場上，也在中國普及起來。從北京亞運會，到北京奧運會，再到北京冬奧會，祖國的強大舉世矚目，「雄風震天吼」！

百感交集

今年 DSE 的中文試卷，作文題目的第一個，便是《一次令我百感交集的聚餐》。不知道有多少學生選了這道題目，但這個題目本身，卻結結實實地令我這個做老師的百感交集。這是一個看起來很容易，但又很難寫好的題目。關鍵當然不在於審題能力、構思技巧、成文速度，而是在於它貨真價實地考到了教育的本質：能不能教會學生，做一個有感情的真實的人。

我認識小霖時，他讀中四。我發現，這個男孩子的記憶力非常好，我在中文課堂上講解的文章，不論是現代文還是文言文，只要我說「這些段落很精彩，熟讀的基礎上背下來，一定很有好處」，他就一定會背誦下來。中四上學期結束時，我推薦了一篇文章，七八百字，我建議學生們可以利用寒假的時間背一背，到了春節後開學，30 多人的班級，只有小霖一字不落地背出來。但課堂上的他，除了這個特點，讓我幾乎再無其它印象。我想了半天，才明白，這孩子不太喜歡互動和交流，老師和他之間，是典型的「任務式」的接觸。

我當然知道每個孩子在成長期間都會有不同的性格。但這麼聰敏的學生，如果不能多一點主動的熱情在情感交流上，那麼他的人生或許會錯過很多原本可以豐富的機會。於是，前些天去北京開展傳統文學研學活動，我特意把他加入了名單裏——本來，他的班主任在選學生的時候沒有選他的，給出的理由是：「他報名了。但這孩子有些冷漠，怕是會寒了這個活動的『初心』。」我有些不甘，便私下問小霖，想不想參加？他說了一個字「想」。我就專門申請多一個名額給了他。

在北京的日子裏，看故宮、遊天壇，風土人情、古代建築，小霖和其他學生差不多，很開心。有記者採訪，我還專門讓小霖和記者也聊了聊。

上個星期，記者採訪後寫的文章發表了，裏面寫到了小霖和其他幾個同學作為採訪對象談到的對中華傳統文化的認識。我把文章發給了全體參加活動的同學。大家都在群組裏面表達了開心，有的還把新聞鏈接興奮地發在了自己的社交媒體上。唯獨小霖，發來的是一個「發呆」的表情，接下來是這樣幾個字：「怎麼還有我……」然後就沒有然後了。

我有些啞然。或許這也是新世代年輕人的一個特點吧：他們一出生，就已經是電子產品盛行；不需要與人有過多的交道，也一樣可以活得很好，他們有虛擬的世界；他們可以最大程度地忽略人情世故甚至基本的禮儀禮貌……可是，作為人類，我們難道不應該教育我們的後代，做一個有感情、對世事有洞察、對人情知冷暖的人嗎？再看今年 DSE 的中文試卷，我不禁又一次「百感交集」起來。

錯位的時空

經常有朋友問我：「咦，那天專欄文章裏的某某，是不是那個我們都認識的人呀？我怎麼記得當年的事情比這個更……」「更」字後面一般會是「有趣」、「傷心」、「戲劇」等彰顯強大記憶力的詞彙。這種對號入座，讓我既開心又慚愧。

說開心，因為這說明我寫的文字，被認真閱讀了，而且，或許是寫得太實在，讓人找到了自己或是周圍人的影子，特別是大家共同認識的朋友，擁有共同的記憶；說慚愧，因為有的時候，對於事情的細枝末節，我也記得不那麼清楚，或者，為了節省篇幅或是敘事方便，不得不做一些時空壓縮。倘若這時候被朋友發現，幫我認真地「重溫」當年事，我會開心地笑納。有哲人曾說，世間的情感，不論友情還是愛情，若要保鮮，唯一的辦法就是創造共同的回憶，並且不斷重溫它。在千字散文的空間裏，我不但和朋友重溫共同的回憶，更將美好的情感傳遞給萬千讀者。我想，這應該是文學創作特有的功能。

不過，和 Ken 的故事，似乎永遠都是個例外。他是一名醫生，他有太多的故事可以成為寫作的素材。比如，疫情時他堅守 Dirty Team，以至於半年多不能回家，只能住在醫院附近的酒店；比如，他考取港大李嘉誠醫學院時，經歷了小小的波折，除了中文之外所有的科目都優秀到爆，他能在極短的時間內，將難啃的中文科提升到足夠優秀的水平，然後被幸運地錄取；比如，他愛運動也愛流行的高科技產品，網球和打機都曾填滿他戀愛前的生活。我總會信心滿滿地寫 Ken 的故事。然而，我漸漸發現，那些文字永遠不能令自己滿意，至少每次重溫那些文字時很難為自己打一個很高的分數。

我當然是從內心裏喜歡並欣賞他的。交往了 7 年多，他的故事和故事背後折射的秉性乃至生活習慣，都被我印在了腦子裏。但我寫出來的那個 Ken，以及我們共同的故事，實在不夠溫暖。這世間，總是有一些美好，是在一定的距離之外的。換句話說，並不是所有的美好，都有近距離的細節的溫度。我曾幻想着和 Ken 有更長的共同成長的經歷。就如同我們有一個共同的朋友，他和 Ken 是兒時的玩伴，讀同一間中學和大學，畢業雖然做了不同的職業，卻一直是最親密的朋友。我下意識地會在寫到 Ken 的故事時，將自己代入成那個共同的朋友，然後讓文字有了更豐富的情節。Ken 看了，認為那是「錯位的時空」，用一個熟悉的人替代了另一個熟悉的人，然後創造了一個共同的「陌生」。

奇怪的是，我和很多閱讀者都很喜歡並享受這錯位的時空帶來的陌生。因為現實的生活附加了藝術的想像與表達，就是一個追求美好、豐富心靈的過程。

嘴與臉

幾年前，我由九龍搬到港島，與家兄同住。家兄知我愛打籃球，便介紹左鄰右舍的一班球友給我認識。「你看，球隊裏的阿源，樣子是不是很有福氣。」家兄慣於看相，遇到生人熟人，當面時隻字不提，轉過身去，會悄悄地對別人的五官品評一番，從小到大，我就是他最忠實的聽眾。那個叫做阿源的人，眼睛有神，額頭寬闊，又多少有點「豬鼻」，家兄覺得他「注定不缺錢」。我揶揄道：「不缺錢，就是有福？」家兄知道我故意將他的軍，也不計較，嘿嘿一笑：「錢不是萬能的，沒錢卻是萬萬不能的。」

實話實說，那一班球友裏面，阿源的確算是一表人才。認識久了，漸漸知道了他的奮鬥史：在沙田屋邨長大，一路憑自身努力入讀港大，畢業後成為金融業的翹楚，日日西裝革履地在中環廣場的 Office，飲咖啡、見客戶，再之後就是升職加薪，忙於各種會議，偶爾也炒掉幾個令他不開心的手下。這些當然都是從他的嘴裏得知的。

每個星期六早上，球隊都會雷打不動地訓練，之後隊長會請大家吃早餐。這就成了阿源話最多的時間：他一邊大口大口地將麵條從五香肉丁的湯底裏吸到嘴裏，一邊講着他的工作和生活。偶爾隊長請假，無人召集早餐並買單，球隊的慣例就是AA 制。這時候的阿源總會恰到好處地在訓練結束前找到充足的理由先行走開，比如要陪太太逛街、要帶孩子去迪士尼。這時候的阿源，總是滿臉堆笑，萬分真誠。

我悄悄地問家兄，是不是愈有錢的人就愈孤寒。家兄一下子就明白我在說阿源。「那不是孤寒，那是喜歡佔便宜。」家兄倒是一針見血。我追問：「一個人只做有利可圖的事情，算是有福嗎？大家聚一聚的時光，是無價的，比那碗麵要值錢呢。」家兄笑而不語。

有那麼一段時間，我的睡眠不太好，於是做什麼事情都提不起興趣，也有幾個月沒去打球。球友們在聊天群裏偶爾會禮貌性地問我何時歸隊。只有阿源，主動上門來探我，和我傾偈。雖然沒有太多共同的話題，但我到底是收穫了意外驚喜。再之後，就是疫情了。政府出了一個基金計劃，據說是可以免除一定的薪俸稅。那時候難得出一次門，於是在某次去銀行辦事時，就順路把這個基金買了。

孰料，阿源知道了就不開心：「哎呀，我之前就和你說過啊，你都不在我這裏買，我也有保險牌的……你看，我之前那麼關心你……」我告訴家兄，「你是對的，這些賣保險的人，把每一份真誠的熱情和關心，都當成是一種投資，然後等待某一個時機收穫。當然注定不缺錢啦。」

「看人嘛，嘴和臉，加起來就是心和命。」家兄一聲歎息。

那年

港鐵四季

我從不諱言自己是一個「地鐵主義者」，不論別人如何鼓動我搭乘可以從起點站一路睡到終點站的雙層巴士，或是繪聲繪色地講起和輪渡一道在蒼茫的大海上搖弋是多麼的詩情畫意，我都不為所動。我固執地認為，地下鐵帶給我的，遠遠超出了交通工具的概念，它似一位老朋友，日日牽引着我的身體和靈魂，遊走於這個城市，領略人生的四季，不論酷暑還是嚴冬。

二十年前的夏天，我第一次走過羅湖橋，港鐵幾乎是唯一的交通選項。那一扇扇車門，猶如一道道神奇的簾子，在嘟嘟嘟的聲響中，把趕路的焦急和燥熱，輕輕地擋在門外。坐在靠窗的位置，我用目光一吋一吋地打量車廂，光亮、整潔，沒有一絲異味，細長的電子屏幕上一條接一條滾動着一句話新聞，「密密開，密密載」成為了我學會的第一句白話表達。窗外，與車廂平行的電線高高低低地在視野裏行進；遠處的山與田，把深深淺淺的綠遞過來，充盈着眼窩。車輪與軌道之間的撞擊，發出哐當哐當的聲響，似加深了我內心的忐忑，不知這列車要將我帶到一個怎樣未知的都市景象。

上水、粉嶺、太和……這些名字被瘦瘦的宋體寫在站台上，復古又懷舊。見到它們，我的心一下子歡喜起來：車廂裏的「現代感」，站台上的「傳統味」，有機地交織在一起，帶給我難以言表的心緒——彼時香港回歸四載，這個小小的瞬間和景致，讓我強烈地感受到這片土地上，中華的氣息已然千年，厚重深沉。

從九廣東鐵到港鐵的東鐵線，它帶着我一路向南，終點站幾經變化，在紅磡站和尖東站之間挪移。於是，尖東海旁的海濱花園成了我與香港朋友雷打不動的約會地點，直到現在我還能毫不費力地說出尖東站每一個出口的「故事」：

與浸會大學中文系的陸教授第一次見面，是在 J 出口的崇光百貨，然後他教我知曉這附近有很多「大酒店」，以至於有很長一段時間，我不敢在深夜十一點之後接近 J 和 K 兩個入口，怕遇見那流傳江湖已久的「辮子姑娘」……

與自己開畫室的曉彤在 H 出口的一家小店見了不下三次，那家小店專賣些布袋和手鏈，還有檀香的小工藝品，她不經意的挑挑揀揀，展現的卻是一個香港女孩自小受中西藝術交融浸染的獨到眼光；

做社工的後生仔阿俊曾在 N 出口的轉角處，悄悄地牽過我的手，他靦腆得像個小學生，只因我送他一張自己灌唱的 CD，裏面有一首《尖東海旁》，是我翻唱上世紀八十年代港片《花街時代》的主題曲，一句「此刻你關心愛護，以後又如何」讓他找到了「溫暖、期許又有些憂傷不安的童年」……

港鐵就像是一張城市的地圖，它的每一站、每一個出口，都延展成一個又一個具象的故事，當我一次又一次地走進它、擁抱它，然後又遠離它，我與這座城市，就一次一次地關聯着，我與這座城市裏的人們，就被一次又一次地串聯起來。

我的香港故事，就這樣在生命裏發生着。以至於十年前，當終於移居香港時，我發現自己已然習慣了用港鐵去鋪展、定位並且創造生活：

買生果——在油麻地站的 B 出口，前行，左轉，到達果欄之前，中間要經過一個紅磚外牆、巴洛克式的戲院。

拜菩薩——在鑽石山站的 C 出口，荷里活廣場樓下熙攘的人群裏左衝右突，過街，然後時光會在南蓮園池的幽靜和深深禪意裏靜止。

坐纜車——在東涌站尋找海風吹來的那個出口，那裏有家星巴克開了很多年，有個叫做 Jason 的服務生總會用港味十足的普通話和我打招呼，他的手指修長且白皙，我曾認真地確認過他曾是英皇書院學生樂團年紀最小的鋼琴師。

每次搭乘觀塘線經過彩虹站時，我的腦海裏滿是五月天阿信寫給梁靜茹的歌：「你的愛就像彩虹，雨後的天空，絢爛卻叫人迷惑，藍綠黃紅……」我清楚地知道地面之上，那個叫做彩虹的屋邨，正正代表了港人的生活日常，他們把塵世裏的包容、美好，不動聲色地融入在彩虹站淡雅又略有些侷促的牆壁上，牆壁上的每一片小方格瓷磚，像是一戶一戶社區的家庭；那些美好的色彩，像極了日日忙碌的香港人，辛苦質樸，知足常樂。

這些，是香港人對這個城市的愛，也是我對香港人的愛。

一列列車輛在鋼軌上奔馳，不知疲憊；一段段旅程拼湊起我們的人生，莫問前程。來港的這些年，港島線變長了，西營盤、香港大學、堅尼地城，一路向西，像是終於補齊了百年滄桑的某些缺憾；觀塘線則向着何文田的街區腹地悄悄地挺近着，同時把黃埔花園海邊的鹹味帶到高山劇場……

曾在一個月朗星稀的夜晚，我聽見末班列車悶熱的鳴笛從地下隱隱傳來，彷彿與那天的晚場電影《踏血尋梅》在某個世人無法看見的維度與空間裏問候、揮手，然後告別，我還沉浸在影片中郭富城飾演的那個香港警察的精神世界裏，而那港鐵的鳴笛聲，在黑暗中放亮了城市的人文底色，提醒我這是香港，獨一無二的香港，現實或許沉重，但即便有缺憾，其中也注定有美好與善良，於是整個街區於那一刻在我心中矗立成一首靜默的詩。

屯馬線開通了，西鐵線終結了，這個城市，總是有生發、有消失，然後再出發，一如有人來了又去、去了又來，不變的是那份萌動。或許也正是如此，時光於這座城市才積澱了它的瀟灑與豁達。

而我，一天天老去，除了港鐵，似乎沒有人在意我額頭細密的皺紋、鬢角早生的華髮。每當我站在月台上那碩大的玻璃幕門前，等待列車呼嘯進站，我總會在那幕門之中注視和尋找自己有些模糊的影像。我知道，當我踏進列車，向下一站進發，不論走向成熟或是衰老，生命一定仍然蓬勃生長，沒有什麼能夠阻擋。

不論是城市，還是人生，前行的路上，總有陰雨，有暗影，就像這地下鐵，在光與影中穿行，明明暗暗，暗暗明明。

願我們的心中，始終有一份真誠的熱度，在或喧囂擁擠或稀疏冷清的車廂裏，在駛向那些銘記着生活找尋和感動的車站時，向聚集着記憶的雲層鳴響問候的笛聲，向着陌生的面孔和窗外的風景投注一份親近和愛，於是，我們的城市和人生，就永遠有詩和遠方，也就必然還有希望。

燜鯽魚

兒時，極羨慕非獨生子女有玩伴。所以有客上門，我便死乞白賴地央求客人多坐一會。我極其乖巧，安靜地聽大人們聊天。如果從廚房飄來燒魚的香氣，我便知道，這是要留客人在家吃飯了，更會興奮不已。

那個年代，留客吃飯不是小事，至少要具備兩個條件：一是家中物資不緊張，在那憑票供應的年代，倘若家裏的油米醬醋要日日精打細算，絕不敢輕易請客；二是家中有人能燒些像樣的菜，至少不會貽笑大方才好。

母親是極會做菜的。燜鯽魚，更是母親的絕活：油燒至七分熱，加入蒜末和薑片爆炒，鯽魚下鍋，倒入事先用料酒、醬油、醋和白砂糖調好的一碗料汁，武火煮沸，文火收汁，出鍋前放些許芫荽葉，嚐一口，肉極嫩又入味。母親說，這道菜，料汁是關鍵，要恰到好處。我問怎樣才算恰到好處，母親想了一陣，很簡潔地答我：「不鹹不淡，外冷內熱。」

讀中學時，父母去世。我一個人求學，生活，在不同的城市間輾轉奔波。我很快學會了燒菜。我曾以為，怕寂寞的我會常邀朋友來家裏小聚，喝茶聊天，然後我也像母親一樣，做一桌子飯菜招待友人，那樣我就不會太過孤獨。可事實上，我卻會更加孤獨，所以極少這樣做。我寧願花上幾倍甚至數十倍的錢，在外面請朋友吃米芝蓮的館子。因為，我發現，每當我做菜的時候，我總會想起母親，她的音容笑貌總會透過裊裊蒸汽浮現在眼前。或許，能與我分享佳餚的朋友很多，但能與我感同身受「子欲養而親不待」的知己實在不多。

昨夜，我又夢見母親：燜鯽魚的香氣在灶火上瀰漫，我陪在她身邊，聽她一遍又一遍地說「不鹹不淡，外冷內熱」。或許，這正是冥冥中母親教會我該如何面對自己，還有生活。

雨中城皇街

一百五十年前開埠的城皇街，像是被時光風乾了，細長慵懶地斜在上環的街市裏。只見它自南向北，從半山的堅道開始，似柳樹的枝條，無心地鋪展着，一級一級的階梯，迤邐着穿過士丹頓街及荷李活道警察宿舍西面，然後在中央書院舊址前膽怯地打了個旋，最後悄然隱沒在中環歌賦街的大路入口。而在那交匯處，有一個被大榕樹半掩的小街樓梯，通往荷李活道二百六十號，據說，那是孫中山在香港讀書時的必經之路。

之前住西環。經常揀選晴朗的天氣，到城皇街和它周圍的社區走一走，看一看。喜歡這一帶的煙火氣：上世紀初建成的巴洛克風格唐樓，依然人來人往；聖公會救恩學校旁的小小院落，時常有薔薇從鏽跡斑斑的鐵閘挨挨擠擠地探出頭來，平添生趣；不時有上了年紀的街坊，搬幾把竹椅，在空地上喝茶吹水，不遠處，幾隻米黃色的家貓瞇哄着眼養神，像是聽入了迷。

連日的雨，讓城皇街飽吸了季節的水分，除了煙火氣，更多了一份鮮活。前兩天，我去街南頭的一家書店看 Alvin 的畫展。這個九〇後香港年輕人用水彩勾勒着半山市井的生活日常：後巷理髮舖的老人，燒臘店的夥計，蔬菜檔的阿婆，唐樓外晾曬的衣裳，都在他的筆下生動又懷舊。問起他對夕陽行業寫生的初衷，「這是我的城，我的家，用畫筆記錄，刻下人情味的城市溫度，是拯救，亦是重生。」

Alvin 的與眾不同，正正在於他畫每一張水彩，都源於自己的體驗和代入，而絕不僅僅基於觀察，「這樣才有溫度，也才更值得回味」。每一張畫，他平均要回訪五次，和店舖、攤檔的主人成為朋友，「那些相處的經歷極大地豐富了創作靈感，體現在畫中，大概就是藝術的厚度」。

雨中的城皇街，這樣美，這樣真。

夜訪金碧

細細長長的金碧樓坐落在彩虹邨的東南角上。鐘錶修理舖、包子舖、士多店、理髮店……大大小小的店舖挨挨擠擠地在底樓一字排開，樸實、親熱。夜燈初上，「愛群髮廊」「回春園」等幾片霓虹招牌，於忽明忽暗之中將幾分懷舊送到心底。走廊盡頭，一個不大的招牌在角落裏並不醒目，「金碧酒家」四個字由右起筆，向左讀去，目光落定處，就是餐廳不起眼的正門，上面似乎永遠貼着一張告示：「客滿」。

第一次來這裏純因好奇。一個週末，由於工作所需，我不得不去為一個足球比賽開球。負責張羅比賽的 Oscar 見我鐵了心要回家吃晚飯，連忙說：「這家飯店開在屋邨六十年，極難訂，你不去看看？」不得不說，這句話成功吸引了我：什麼樣的飯店能在公共屋邨開上六十年？

進門，古老的大廳，傳統的龍鳳禮堂，帶點殘舊的桌椅及枱布，一切就好像回到上世紀般，一份久遠而親切的感覺撲面而來。醬油雞、八寶鴨、蟠龍鱔，當一道道經典的懷舊菜式上桌，我慨歎：這些菜，如今已經很少有機會吃到了。就拿八寶鴨來說，整鴨脫骨是一個相當考技術的活，先從頸部下刀，從上往下一步一步地完成，先取下鎖骨，再是鴨翅、鴨胸骨、主骨、鴨腿骨，最後再將八寶飯的配料填入，板栗和白果在糯米和鴨肉中間調和出濃郁的甜香味。席間，聽到不少後生仔問：這就是爺爺掛在口上當年經典菜式之一嗎？

除了物美價平，金碧經年不衰的奧秘正正在於人情味。昨日，我和同事們又去金碧晚餐，自帶的白酒、紅酒紛紛見底後，打算向店家買啤酒繼續「戰鬥」。老闆娘起初不肯，後來拗不過我們的百般央求，拎出來兩瓶後就再不肯添了。「後生仔，不要飲太多，貪杯傷身呀！」一份溫情，四季如春。

尖東海旁

二十年前，東鐵線的終點站還在尖東。彼時的東鐵，亦不是港鐵的組成，由九廣鐵路公司管理並運營，百年老店的底蘊時不時地就從車廂和站台的英文標誌透出來。印象最深的是，洗手間一律是「bathing room」，絕不同於深圳或是旺角某些商場中的「lavatory」。跨過羅湖橋，一路南行，待到尖東站，香港本地人和觀光客就涇渭分明、一目了然：循着指示牌湧向海濱長廊的，大部分都是觀光客；而急匆匆前往巴士總站換乘的，大部分都是本地居民。

我也曾是觀光客中的一員。那海濱長廊的風景是那麼的療傷：維港的風，既不是鹹澀的，也不是潮濕的，它總是帶着百年來沉靜、沉思、沉吟的節奏，撲向你的面，鑽進你的懷，在你的耳邊輕聲淺唱着；不同的鳥類在尖東海旁這段路上，都能尋到自己的樂趣——老鷹的翱翔略帶兇悍，鴿子的踱步悠然自信，白鷺的獨腳站立慵懶之中帶着挑剔，空氣質素和環境指數的確有相當的水平。我感覺這裏一年四季都是春天，因為不論陰雨還是陽光之下，海是深沉又寧靜的，對岸的燈火不知疲憊地燃點着，我看到的是回歸後城市前行的希望。

二〇〇三年，星光大道開建，尖東海旁就成了旅遊團的免費打卡地，風依舊，海依舊，只是白鷺絕跡。打卡的喧囂和文化的懷緬泯然一體。人生海海，尖東海旁又在十幾年後成了我每日工作必經的地方。

這個春天，一切都是嶄新的。但愛是永恆的。我又來到尖東海旁，聽見有人在唱一首老歌：「這段路我走過，同樣海邊坐，又見遠燈跳動，幾千幾百顆；我但願你會說，唯一喜歡我，是你臂彎的我，這癡癡的我。」巧了，這首歌，就叫做《尖東海旁》呢。

逛花墟

在旺角警署門前的十字路口，無需看路標，只要駐足片刻，就可以循着花朵的香氣找到花墟的方向，因為行人裏十有八九手不落空：黃白相間的狐尾百合含苞待放，香氣雖不明顯，但雅緻的色彩吸人眼球；鮮紅的蠟梅有些害羞地半開着，幽幽的香氣在寒風中飄出很遠；長壽花有橙有紫，似好鬥的小公雞，挺直「頸項」綻放飽滿的花朵，襯着厚密的綠葉，生氣無限。

疫情依舊嚴重，但週末日子，逛花墟的人依舊接踵摩肩，很難保持一米半的安全距離。可是，又有什麼比愛花的心更重要呢？上了年紀的阿婆，在熟識的老店門前，左挑右選，最終將映山紅攬在懷中，臉上的氣色都跟着紅潤起來；穿着時髦大方的職業女性，大概是要為新居添幾分綠意，認真地選了幾盆金錢樹和福壽梅，跟店家錙銖必較討價的同時，還不忘詢問養花秘笈；成雙入對的年輕人，有心地挑選着帶刺的玫瑰，據說帶刺的玫瑰能夠開得更持久，或許也更能寓意「講心不講金」

的忠誠愛情。

不知不覺中，我就看花了眼。不只是看花，更是看人。人在花中行，花在人中開。一時間，我竟患上了選擇困難綜合症，結結實實地挑花了眼。最後，我買了幾株香水百合，幾盆從福建運來的水仙。正打算離開，意外地發現一家專門賣台灣貨的小店。更令我意外的是，店裏竟有產自花蓮的蘆薈，我不禁欣喜若狂：這個蘆薈品種舉世無雙，是少有的可以用於製作蘆薈掛麵的，之前在台灣，我專門品嚐過。疫情讓我整整一年無法去台灣探望友人，買一盆花蓮的蘆薈回家，睹物思人，頗感欣慰。

疫情縱然不肯退去，但它擋不住愛花的人，遮不住愛花的心，更攔不住那如花一樣明媚的春天，就在前頭，就在眼前。

人與海之間

有夕陽的日子，是舒朗的。我坐在客廳的沙發上，任由那落日的餘暉透射進來，穿過飄窗上的金錢樹、紫羅蘭，穿過茶几上的幾件相框，穿過相框裏我和父母親的合影，灑落在我和我的書頁上。那書頁裏，常常是亦舒的小說、汪曾祺的隨筆，或者是泰戈爾的詩，那些文字，在光影裏似幻化出更具意象的詩意來。我時常有種錯覺，那美麗的五彩的光，是上蒼派出的使者，帶着光陰的問候，帶着大海的濤聲，走進我的生活，來到我的身邊，給我溫暖的注視，讓清冷的日子豐富無比。

大海就在不遠處，與那精靈一樣跳躍的陽光相比，它顯然是深沉穩重的。我和大海之間，有很多具體的事物——比如屋頂，我從窗子很輕易就能夠看見，大部分的屋頂都被人的創造力物盡其用，飄揚的被單常常五彩斑斕，陽光的味道經過了晾曬之後融進了人們的美夢；比如別人家的陽台，我可以很清楚地看見誰家喜歡三角梅，誰家鍾意發財樹，誰家在陽台的欄杆上精心放置了一個鐵皮的橢圓形盒子，投餵流浪的野鴿，傳遮着生靈之間的善意；比如社區裏咖啡館和超市相鄰相依，人們進進出出，有忙碌亦有悠然，時常有人將大隻的金毛犬或是哈士奇拴在超市外面的門柱上，有大膽的孩童與牠們玩耍，直到大人們看見，將孩子一把抱開，惹得意猶未盡的孩子哇哇大叫，我在高處看着，不禁莞爾，這世界，究竟是純真的善意多，還是天然的戒備多？我忍不住輕輕地問自己。

社區和大海之間，有一條林蔭道。高大的椰子樹和茂密的鳳凰木在道路兩邊一唱一和。我在窗邊，看那挺拔的椰子樹筆挺地站立，如同齊整的哨兵，像是守衛，而鳳凰木終年曼妙着，經冬復歷春的年輪裏，寂寞了一路的等待。林蔭道和大海之間，就是曲折蜿蜒的海灘。每到假日，人滿為患。他們與我一樣，都在夕陽的餘暉裏，等待華燈初上，等待夜色四合，等待月掛中天。

我和大海之間，那扇窗是潔淨的，大海看上去纖塵不染。漲潮、退潮，是海浪巨大的徘徊，唯有海上來來往往的船隻還有漫長的海岸知道它經歷了什麼。而我，遠遠地望着，只看到大海身後的城市，與南中國海和諧共生。在大海盡頭那個看不見的地方，是另外的城市，和大海一道，孕育着生命。

人和海之間的事物，與奔跑的精靈的陽光一樣，都是帶有詩意的，讓人心靈安寧。而我的閱讀和書寫，究其實質，就是要在我孱弱的生命個體與命運的大海之間，構建起溫暖的事物與溫和的過渡，抵禦命運的嘲弄和外界的侵擾，它已超越了審美的意義，於我的人生十分必要，不可或缺。

永不停歇的「號外」

在夏威夷珍珠港的一間書店裏，一台油墨印刷機已經連續轉動了四十二年。自一九八〇年亞利桑那號紀念館運營以來，它每天都在印刷着一九四二年十二月七日珍珠港事件當天、包括《華爾街日報》在內的美國各大報紙號外。當頭版大標題「WAR！OAHU BOMBED BY JAPANESE PLANES」(戰爭！歐胡島遭到日機轟炸）配以被擊沉的亞利桑那號戰艦圖片躍入眼簾，帶給讀者的是頗具視覺衝擊力、足以穿越時空的震撼。

參觀亞利桑那號紀念館，是在一個陽光燦爛的午後。我首先來到建在陸地上的遊客中心，一幀幀圖片、一件件戰後打撈上來的水兵舊物，生動展現着「偷襲珍珠港」這一深刻影響第二次世界大戰進程的歷史事件。展覽廳牆上的兩張巨幅照片對比鮮明，令我過目難忘：一邊是轟炸後的夏威夷上空濃煙滾滾，扭曲的天空似在顫抖；另一邊則是殞命水兵生前在軍艦上面向碧海藍天、露出陽光帥氣的笑容。

生活如此美好，生命如此鮮活，為什麼要有戰爭？我們應該如何銘記、反思抑或懷念？帶着這樣的拷問，我登上了海軍小艇，駛向水上紀念館。碧海藍天之間，中間凹陷、兩端上翹馬鞍狀的白色紀念館格外輕盈。站在它的中央，向外稍一俯身便可以看見戰艦的殘骸——鏽蝕的甲板、緊閉的艙蓋，寫滿戰爭的記憶與哀傷。

結束參觀，我又一次來到那間書店，將每一份當天報紙的「號外」買下。付款時，一抬眼，幾束康乃馨漂浮在亞利桑那號至今仍在滲漏出燃油的海面上。八十年過去，亞利桑那號殘骸依然滲出滴滴燃油，被稱為「亞利桑那之淚」。我的眼裏忽然蓄滿淚水，手中的報紙重似千金。那每日工作的印刷機，那永不停歇的「號外」，正是為了提醒人們，永遠不要忘記戰爭的慘痛與和平的意義。

村落裏的事物

在遙遠的北方，有一片人跡罕至的村落。上世紀八九十年代，我曾在那生活。

村子極小，天空的雲朵稍稍駐足，和太陽隔空打個招呼，村落在陰晴中變幻。有一天，我蹲在田野裏，觀察大地上的事物，那拔節的麥稈，那忙碌的螞蟻，那草葉邊緣正要掉落下來的水滴，讓我心動。此刻，有雲飄過，在那幾乎是眨眼即逝的瞬間裏，我悄悄地結交了兩個朋友，一個叫陰影，另一個叫光明。這兩個朋友伴我長大，常常同時出現在我的生活裏，用不同的方式啟蒙我對世界的認知，引導我辨證看待生活，乃至人心，一直到現今。

村裏僅有的一條小路，又細又長，彎彎曲曲地延展着，一頭兒向村落背後的大山伸去，一頭兒則在相反的方向奔跑，努力融入天際。父親告訴我，這條路有多長，取決我的心有多遠，無論怎樣，你終究是要走出這村落的，成長的必然，幸福又悲哀。我既好奇又不捨。村落寧靜，宛若天籟，盡情地數星星、看彩虹，聞着炊煙升起時的柴禾氣，美好而純粹。

更為重要的是，在我開始識字、可以閱讀之後，一本又一本書籍，引着年幼的我，帶着探秘的勇氣和好奇，一步步行到村落背後的深山裏。許許多多的參天古木，我一棵一棵地端詳、撫摸着，便一點一滴地參透歷史的凝重、文化的暖意，懂得善良和真誠的力量、明白做人的道理。樹皮皺皺的，斑駁不齊，它們在提醒我，生活的印記終歸以一種粗獷的方式刻在精神的大樹上。有一年開春時，冬雪融化成一汪泉水，在山間流淌。「在山泉水清，出山泉水濁。」我又把這汪清泉裝在了心裏。

這一生，不論走到海角天邊，不論遭遇多少人性的不堪，那個遙遠的村落，和村落裏的事物，都未曾離開過我，始終給我勇氣和希望。

爾乃世之光

兩年前的盛夏，我從大坑邨一路行上山，遠遠地看到一片淡黃色的房子，五六層的高度，在勵德邨和虎豹別墅中間，呈現出平和的美。那是我第一次到訪香港真光中學，校長許端蓉女士溫婉謙和的微笑，將這間有着「香港女作家搖籃」之稱的百年名校底蘊，傳遞到我的心頭。記得那日，校園裏多處「爾乃世之光」的校訓令我印象極深刻。相比於一些口號式淺白的「傑作」，這 5 個字更容易讓人細細回味。

之後的兩年，因為工作的關係，到訪真光中學愈來愈多了。印象最深的有兩件事：一是去年秋天，我策劃的一個活動，需要排練 75 人規模的大合唱，時間緊迫，既沒專業的人手幫忙，又缺少用來訓練的場地。真光中學得知後二話沒說，不但派出了優秀的老師精心指導，還大方地將禮堂借給我，分文不取。當時就在想：我何德何能，敢這樣叨擾這間百年名校？許校長的一席話質樸又堅定：「我們欣賞的是這件事情的意義和品質，而不是看『人』，我們喜歡實實在在地做優秀的事情。」這讓我明白，在這間中學的「她」世界裏，有那麼純粹又堅定的精神，令其永葆青春。二是前些天，她們策劃了一場英文音樂劇，邀我觀看。看到台上的孩子們，盡情地釋放天性，藝術地展現「種子」到「花園」的成長經歷，我不但驚歎於孩子們母語水平的英文能力，更被整齣音樂劇的藝韻和思想內涵深深打動。

爾乃世之光。我反覆品味這 5 個字，一閉眼，真光中學的溫婉又堅定、含蓄又熱烈，如同這春天的風，吹向我，不但令我明白，這世上每個人都可以成為「光」，更帶領我認真地走向未來。

拜年記

說起年味，總感覺北方要濃一些。入臘月後的各種規定動作十分講究，特別是臘月二十三「小年」之後的每一天，掃塵糊窗割年肉、祭祖蒸饃趕大集，一樣都馬虎不得，拜年這件事，更是凸顯了對中華傳統習俗的堅守。以個人經驗，北方的拜年有 3 種：一種是「走親戚」，家族的親人之間在春節一定要走動一番，長輩要給晚輩、特別是尚未工作的晚輩紅包，已經工作的晚輩也要藉此機會給長輩紅包；另一種是朋友之間的走動，不論是否給對方的子女紅包，送年貨總是必要的；還有一種是認識或不認識的人之間，見面時問候，說吉祥話，圖個好意頭。前兩種有一個直觀重要的步驟，那就是「拜」。必須要去到對方家裏，不論時間長短，總要坐一坐、聊一聊，那份溫馨的味道、親情的味道、友情的味道就愈發濃了。

香港的情況顯然有很多不同。在香港，即便再重視春節，由於家裏的空間着實有限，去親朋好友家裏「走動」，是比較少的。大多數的拜年，就是一大家子或是朋友們在酒樓裏搓一頓，就算是聚過了。我總覺得，倘若不到對方家裏去，這怎麼能算得上是拜年呢？評判情感遠近親疏，恐怕這是個從禮度、外在到內心都非常重要的標準。我更無法接受的另一件事，就是掃樓式的逗利是。辦公樓裏排着隊討要紅包，那種複讀機般沒有半點熱誠的「恭喜發財」，才是真真把傳統文化裏的「誠」給弄丟了，更加凸顯了利字當頭，又何必？

這幾年，學生們漸漸長大懂事，春節會到我的陋室來拜年。我很欣慰。其實，他們起初也不明白為何要去家中拜年，後來他們自己在這個過程裏體會到更醇厚和濃郁的年味。以文化人，這一定是必要的。

冬草

每到歲寒，若懷想一種植物，脫口而出的名字，大概率是梅、蘭、竹、菊。梅之高潔，剪雪裁冰，一身傲骨；蘭之賢達，空谷幽放，香雅怡情；竹之君子，清雅澹泊，謙謙有節；菊之隱逸，凌霜飄逸，不趨炎勢。中小學課本，選取的名篇也多是「牆角數枝梅，凌寒獨自開」、「不是花中偏愛菊，此花開盡更無花」。這些陪伴一代又一代中國人長大的文化意象，把冬的寒冷同精神的堅韌、品格的高潔緊密相連，將文化的養分浸潤人心，久而久之，便成了文化習慣。

這個冬日，我卻被那不知名的草深深打動。友人去銀礦灣探秘，冬日的黃昏，深邃的大海，斜陽低垂，沙灘寂寥。蕭瑟的氣息從相片上漫溢出來。將相片發到我手機上的友人，忽然來了一句：「那草，最暖。」可不是，岸邊十餘米的地方，就是萋萋芳草。像是芒草，又無法細辨。那瘦長瘦長的莖，那啞黃黯淡的穗，那彎下腰去又絕不躺平的姿勢，將一份暖意傳遞給我。可我，似乎除了「一歲一枯榮」之外，竟一下子詞窮，記憶的倉庫裏存放了太多與「歲寒四友」相關的名句，卻極少有關於冬草的。

而這冬日的草，卻最貼近人到中年的生活。在這人世間，我們都不過是一棵無名的野草，是萬千風景中最不起眼的「背景」和襯托，但卻用我們每日的勞作，奉獻着奮鬥的熱情、傳遞着生活的暖意，即便在嚴冬，也從未躺平，更不甘躺平。「行盡天涯路，年年見汝衰。誰能搖落後，猶有雪霜姿。寂寞何人顧，芳榮暗自期。平原一睇望，殊作塞垣思。」想到這，記憶庫裏的這首明代何絳的詩終於浮現，它的題目就是《冬草》呢。

同心同「得」

5 年前，疫情初起，上課、分享、交友，都在線上進行。給孩子們策劃什麼樣的活動，才吸引他們的興趣，又能讓他們學有所獲，我頗費了一番腦筋。一位不知名的路人啟發了我。

那段時間，高峰時段的港鐵車廂前所未有地「寬鬆」，我每週兩次去學校值班，路上都會看到那個瘦瘦高高的年輕人。他手裏拿着豎排版的書看得津津有味，斯文的黑框眼鏡，連同他不時揚起又放鬆的眉毛，將閱讀的韻味無聲地傳遞着，洋溢在整個車廂，簡直成了清晨裏最美的風景。那本書是紅色線條的封面，具體是什麼，起初我看不清。但這激起我的好奇心。於是，只要「逮」到他在車廂裏看書，我都要努力地打量一下，想知道是哪一本書。後來，我終於看清楚是張愛玲的《小團圓》，我幾乎驚訝地叫出聲來——這書我也看過，只不過不是同一家出版社的版本罷了。於是，我的心裏立即有了很多「表達的慾望」：你喜歡這本書嗎？你最喜歡它的哪一部分？你為什麼喜歡？

後來，我創辦了「香港青少年讀書月」。一轉 5 年過去，這個讀書月活動的影響力早已走出香港，香港的孩子們和內地的青少年通過「同讀一本書」，增進了了解和共融。前些天，筲箕灣官立中學與他們在深圳的姐妹校——南山區學府中學，舉辦了「同心同『得』，同讀一書」活動，並邀請我做專家點評。看到兩地的孩子，認真地分享閱讀不同類型書籍的所思所感，我心下感慨：誰說這個年代沒人讀紙質的圖書？筲箕灣官立中學殷校長全程參加活動，她亦欣慰地告訴我：明年一定辦得更好！

永遠的金碧

彩虹邨重建的消息傳來，第一個念頭便是：金碧酒家怎麼辦？彩虹邨有多久，這個酒家就陪伴了我們多久。每年都會和「家人」去一次金碧酒家，那是他們住在彩虹邨時最美的記憶，沒有之一。

作為餐廳，它實在是太質樸，也略有些侷促，七八張枱就把空間佔滿了。來這裏吃飯的，幾十年的街坊居多，這些年，隨着小紅書、抖音的「推廣」，偶爾也有內地客慕名而來。在我看來，金碧酒家最大的特色不是菜品，而是道地的「港味」。

上個星期，我終於訂到了金碧的晚餐位，於是在秋風中來到彩虹邨，和金碧告別。蛇羹、八寶鴨、醬油雞……一道一道看家菜，怎麼吃都吃不膩。不到 7 點鐘，所有的桌都滿滿當當，酒家的中年人開始一展歌喉，他深情款款地唱起《偏偏喜歡你》，為當晚某位過生日的街坊助興。神奇的是，互相並不認識的食客，被帶動起來，每一桌都有人主動要求獻唱一首。酒家說，來到金碧，一個人的生日，就是大家的生日，讓我們一起唱、一起回憶、一起高興！於是，那些懷舊的經典一瞬間便流淌成歲月的河：譚詠麟的《一生中最愛》、鄭伊健的《友情歲月》、林子祥的《男兒當自強》……這種場景，真是不多見的。有位街坊一邊唱、一邊抹眼淚：「61 年啊，馬上就要拆了，好捨不得啊！」

那晚我和朋友們 10 多個人，吃了那麼多好食材的美味，有海鮮、有蛇羹、有獨門菜，還喝了好幾瓶酒，也還不到 1,000 港元，在金碧，從沒有開瓶費這一說，但你不能浪費它的菜。永遠的金碧，永遠的人情味。

世界「大酒店」

從港鐵紅磡站出來，天氣忽然就陰沉下來，季節似乎從初秋一下子來到了深冬。黃昏已至，暮色四合，暢運道彎彎繞繞，除了小巴站台上有些疲憊又默然的候車人，陪着我向前走的就只有涼意頗濃的晚風。暢運道跨過一條車流密集的主幹道，然後就愈發安靜了。萬國、世界、寰宇——這些氣吞山河的名字，後面接續着「殯儀館」，那黑色的行楷字，登時肅穆。安靜道、暢行道、暢行里……這一帶的路名，體貼地表達着對亡靈的尊重與哀思——來得悲傷，走得安詳，所以希望魂靈暢行、暢通，亦庇佑活着的人運氣舒暢。以我的淺見，大抵如此。

朋友父親的喪禮在世界殯儀館舉行，我更願意稱它為世界「大酒店」。儘管我也知道，以「大酒店」代指殯儀館是港島那一間的專利，但我還是從內心把所有的殯儀館都雅稱為「大酒店」。大概是因為我總會想起已經離世的雙親。世界「大酒店」的底樓是 4 個寬闊的靈堂，聽朋友說，財力雄厚的家庭才租得起，若是家境一般或是朋友不多，一般會把靈堂設在一、二樓。送上帛金，上前鞠躬，與家屬握手，然後在為賓客準備的凳子上坐一坐。這裏的服務很專業，做法事的師傅們按着吉時完成各種儀式，分毫不差。前來弔唁的親朋故舊，不少是老相識，在這樣的場合，也正好能聊幾句，只不過到底是陰氣逼人，不好太熱烈。

離開時，夜色已深。出了「大酒店」的門，要先跨過點燃的火堆。人活一世，再熱鬧的人生，最終都歸於安靜；再坎坷兜轉的命運，最終都在這裏「暢行」起來。

我想到友人的話，忽又傷感：倘若百年之後，無兒孫無友朋，且自身又無「家底」，莫說底樓，恐怕一、二樓這些像點樣子的送行都不會有吧。有風吹過。夜更深。

食蟹記

一直很懷念一種名為「草蟹」的味道。十多年前，我曾在大鵬灣畔小住。那灣連着港深，天氣好時，我站在灣畔的七娘山上，遠眺沙頭角。山腳下有很多生態菜園，那裏的果蔬是專門供港的。到了 10 月下旬，七娘山上的客家人，在路邊支起簡易的廣告牌，厚實的紙殼上面鬆鬆垮垮地寫着「鹽焗蟹」「梅子酒」。我便知，一飽口福的時候到了。

據說，七娘山上的螃蟹都是生活在草叢裏的，在山澗的水和泥土中找食物，每日要爬行長長的路程，所以蟹腿肉格外緊實。山路彎彎，太陽落山時，我揸車上去，循着「鹽焗蟹」的廣告牌，七彎八拐地來到山坳間的民居。門前的空地上，擺着幾張圓桌，落座之後，老闆看了看人數，也不多說什麼，不一會就端上來一大盤子螃蟹。

其實，螃蟹的個頭不算大，但蟹黃飽滿，鹽巴的香氣燜入蟹殼裏面，掰開螃蟹之後，鹹香鹹香的，一口下去，分外滿足。梅子酒，是客家人自釀的，甜度很高，容易入口，但後勁猛得很。每次食完蟹下山，請朋友代駕，十有八九我會在中間叫停，於路邊緩幾次神，方能平復眩暈。到家後倒頭就睡，及至夜半醒來，草蟹的體小而肉實、做法簡易而鹹香那麼清晰地浮在眼前。

後來，到港島工作。食蟹多半在金鐘和中環的一些上海菜館，大閘蟹的套餐很是豐富，個頭大，也肥，常常要配上好的花雕，那餐廳的環境也是美輪美奐，有上海十里洋場的風範。我卻再難吃出一份別致來。

或許，食蟹也是需要看年紀的。年輕時的無懼無畏，使得自己在簡潔中銘記美好；而人到中年後，世故的俗氣令自己喪失了心靈的味覺，再名貴的蟹也吃不出什麼別致了。

不捨那點綠

那日一大早，在健身房擼鐵，剛剛把 40 磅的槓鈴舉過頭頂，就聽見電視裏傳來新聞播報：「華潤堂下月全線結業。」那一刻，我的心急速下沉，這消息似要掏空我的身體，以至於槓鈴一下子掉落下來，重重地卡在架子上，嘭地一聲悶響。

記憶中的華潤堂，安靜溫潤，每一間店都以綠色為基調，遠遠望着，正是鬧市中的一點綠。進門的顯眼處，一般是當季的中西成藥，比如春秋兩季常用念慈菴的枇杷膏做招徠，而到了冬季，常常是不同牌子的養陰丸配着上好的花旗參。店裏幾乎從不會人滿為患，貨品更不會挨挨擠擠。貨架之間的通道，即便是揹着碩大的書包，也能毫無障礙地轉身。稍大一些的店，會有一兩排櫃子，玻璃櫃裏面通常是青海或是西藏的蟲草，以及好看的龍牙白燕盞。櫃台後面，通例會有格子架，像是嵌在牆壁裏，每個格子裏都放一些稀罕貨：活化石模樣的鹿尾巴，細長的紙籤上用紅筆寫着產地「琿春」；又大又圓的乾鮑和元貝，顯然是日本北海道的原產。

灣仔的華潤堂，是我經常光顧的地方。並不是每次走進去都「滿載而歸」，十次倒有六七次空手出來，但它的那點綠卻每次都會填滿我的心，令我享受片刻安寧。他們的店員從不會在你一入店門時便上前相迎，但對視時的微笑和打包貨物的麻利，令你賓至如歸；他們不會過分熱情，更不會注意到你只是不小心地掃過男士保健品，便長驅直入地關心你是不是有難言之隱。我願意相信那點綠背後，是一種禮儀和內斂的文化。

如今，那點綠執笠在即，除了無奈和歎惋，似乎做不了什麼。不知 city'super 這些零售業實體店會不會也在某天忽然執笠或是易主，但願這變化的腳步，慢一些，再慢一些。

冰心的書房

楊橋東路 17 號，安靜地坐落在福州市三坊七巷一隅，兩排青灰色的風火牆中間，是傳統的木質門楣。左側，「冰心故居」4 個鎏金字端莊舒暢，像她筆下的「小橘燈」一樣透着溫和與明亮；右側，「林覺民故居」遒勁有力，散發着奮鬥的力量。在這個秋日的午後，我輕輕踏入院中，尋找冰心先生的足跡。

冰心生於福州長樂，父親謝葆璋參加過中日甲午海戰，其言傳身教對冰心的愛國心、強國志有着深遠影響。對於這個福州故居，冰心曾這樣寫道：「左右兩旁還有許多自成院落的房屋，每個院落都有水井；北院之西還橫亙着一列坐西朝東的雙層樓房，樓房之西為花園。」冰心在文章裏並沒有提及舊居的書房。我於書房前駐足良久。書房不大，一張方桌，上面有一方民國時期流行的墨水筆盒，半開的狀態似在與女主人對視；桌子一側，是一把藤椅，另一側，則是一張方凳，它們承載着冰心先生和親人、文友們多少溫馨的時光。藤椅後面，是一張單人床，草青的被單，流淌着一份素簡和雅致。

在我看來，冰心先生的內心，始終有一個寧靜的書房，裝滿美好的夢想和溫婉的力量。11 歲時，她看完了全部的「說部叢書」以及《西遊記》、《水滸傳》等；1912 年秋，她以第一名的優異成績考取福州女子師範學校預科。之後，她一路北上，在五四運動時期積極參加了學生愛國運動和新文化運動。她的那間書房，盛滿夜深人靜時的毛月亮和墨香中的傳統文化。舊居裏的榕樹，將少年冰心與墨香為伴的時光，搖落在院落的青石板上，讓我在百年後的今天駐足時，依然可以感受到讀書的力量、寫作的希望。

月餅記

中秋節愈來愈近，商家鋪天蓋地的促銷讓人防不勝防：躺在床上刷臉書，時不時就插進一條廣告，「流心奶黃」透着純純的港味令人垂涎；出了港鐵站搭扶手梯，各式月餅廣告往往打明星牌，老中青三代港星齊齊代言，似乎在說總有一款月餅適合你！上週末，到常去的上海菜館晚餐，服務員見我面善，便向我「訴苦」，說是他們的店裏出了自己牌子的月餅，每個員工都有銷售任務，完不成就要扣工錢，讓我「幫幫忙」。我於是數出鈔票若干，豪氣地買了幾盒，送給學生們做中秋禮物。

離商業愈來愈近，離文化愈來愈遠，這是我從童年到中年一路走來、對月餅這件事的強烈感受。兒時，家貧，有些年的中秋節，月餅就是簡單的「甜」：麵粉不夠優質，甚至有些糙，裏面是一些白砂糖，頂多有一顆半顆的花生。聽母親說，那月餅是福利社派的。但家裏吃月餅卻很有儀式感。先將方桌擺好，正中間是香爐，家人們要先淨手焚香祈禱，然後將月餅裝入盤中，放在香爐前面的中間，兩邊的盤子裏則是葡萄和蘋果。那葡萄，寓意着人丁興旺；那蘋果，代表着平平安安。大家分食月餅，聊着或許艱辛但充滿希望的日子，一抬眼，月掛中天。即便是有時天公不作美、陰雨綿綿，中秋的味道依舊那麼足。

現代人金貴，月餅的味道可以做到極致，商場如戰場般激烈，但如何才能讓「傳統文化」的味道愈來愈濃，這確實需要更多的努力。當社會不再如此聚焦於月餅的賣和送，而是把那一份中國人的底蘊、日子的悠長好好地吃出來，中秋節才會愈過愈有味道。

川大之大

香港的學生到內地的高校參觀，第一聲驚歎，莫過於一個「大」字。我帶學生們在成都開展研學，專門用一天的時間訪問四川大學。同行的老師起初不解，認為半天足矣。我搖搖頭，笑着告訴他，四川大學一百多年的辦學歷史，望江、華西、江安 3 個校區之間，要搭乘地鐵通勤上課，半天時間，騎單車逛校園都看不完，更別說還要深度的參觀圖書館、博物館了。

我們一早先去了四川大學的華西口腔醫學院。「華西」這個品牌在中國乃至世界的醫學界都是頗負盛名的。它始於 1910 年美國、英國、加拿大的 5 個基督教會組織在成都創辦的華西協合大學。府南河畔楊柳依依，華西壩上景色秀麗，中國最早的醫學綜合性大學，其口腔醫學專業排名一直位居世界前十。我們先是聽取了口腔醫學的趣味講座，又參觀了口腔醫學博物館，一個上午的時間倏然而過。英華書院的廖同學向醫學博士生請教：「AI 會取代牙醫嗎？」博士生溫和地回答：「不會，即便 AI 的技術再完美，也取代不了人文的關懷。」

中午，我們來到望江校區，古香古色的校園，很多建築設計出自梁思成之手，大氣典雅。在川大文理圖書館，同學們不但了解了借閱書籍的流程，更開展了活版印刷術的體驗。圖書館的工作人員不但教香港的孩子們如何動手製作活版，更帶領大家理解「大學」之大的內涵。

兩個校區的參觀，便用完了一整天的時間。同學們都大呼不過癮，於是，大家一致決定捨棄第二天去熊貓基地看熊貓，也要把「大」體驗盡。第二天一早，我們又來到了相當於 20 個港大面積的江安校區，很多同學騎單車跑馬觀花地看了一圈，就用了 3 個多小時。

草堂一課

上一次聽王紅先生現場講課，已經是 24 年前了。那個鶯飛草長的春日，我在四川大學的中國文學課堂上，王紅先生用理想、理性、理解的話語，帶着 130 多名中文系學生，走進唐詩藝術。記得最深的，除了她總能將詩歌藝術的精妙，用富有哲思和文采的話語講解出來，更有她對詩歌和詩人背後的歷史故事信手拈來，讓我們在學習文學的同時，對人性的幽微、歷史的厚重、政治的繁複，有了深入的了解。還記得她講到「近鄉情更怯，不敢問來人」，對宋之問趨炎附勢、賣友求榮的種種不堪娓娓道來，直至今日，我都能記得，並時時提醒自己「作文先做人」。

前些天，我和學生們一道來到成都，在杜甫草堂聽王紅先生講《杜甫的家與國》。早上 9 時，42 名香港師生齊聚「仰止堂」，古色古香的桌凳，碧瓦飛甍的屋簷，不疾不徐的夏雨，將課堂氤氳成知識的海洋。王紅先生去年已經退休，得知我帶香港的學生到成都研學，欣然接受邀請，為孩子們講一講杜甫。王紅先生的講解還是那麼幽默風趣，又時時引導學生思考詩歌背後的人性。來自將軍澳香島中學的陳同學現場提問：「杜甫晚年窮困潦倒，但詩歌創作卻達到一個新的高度，這是否說明物質條件的貧乏與文學創作的豐收有必然聯繫？」王紅先生頗欣慰，她連連肯定香港中學生思考的深度，並就「文學即人學」進行了講解。

草堂一課，真美。仰止堂一側，就是杜甫曾經居住過的茅屋。當我想到杜甫的詩，眼前總會浮現出王紅先生的面容，以及她課堂上的教誨。期待「草堂一課」有一天可以走進香江。

山城夜色

7 月的山城重慶，晚上 8 時天依舊光亮。從西九龍到重慶，高鐵穿山越嶺地跑了 7 個多小時。本以為下車時會是暮色四合，沒想到夜還沒有影蹤。

用了一個小時，從九龍坡來到濱江路，百年前重慶開埠時的美國水兵營房、一座現代主義的老建築，如今被活化成火鍋店。一邊是煮沸滾燙、香氣四溢的麻辣火鍋，一邊是半圓拱的木質尖頂百葉窗，別有一番雅意之趣。推開窗子，嘉陵江水日夜不息，跨江大橋此刻剛剛亮起，鮮艷的中國紅似巨龍橫亙江上。天終於完全暗了下來。江兩岸的燈光開始閃爍，一時間璀璨亮麗，令人目不暇給。

我問同行的學生，有沒有了解過重慶的近代史，有沒有想過為什麼在這個戰爭年代的「陪都」，美國兵來了又走了，國民黨來了又敗了。學生們陷入沉思，過了一會兒，有同學朗聲讀起了《別了，司徒雷登》。我頗欣慰。

晚餐後，我們拾級而上，由彈子街登上重慶的「大南山」。

放眼望去，重慶夜色美不勝收。長江、嘉陵江之上，一架架橋樑橫貫西東，設計風格各異，卻都是用的中國紅。有路有橋，才有嶄新的生活。接待我們的重慶交通科學研究院的吳永清先生說，60年前，來自祖國各地的交通領域精英，為了大西南建設，拋家捨業來到山城，他們風餐露宿、艱辛起步，一眼水井、幾間草房，卻最終建設出「智慧交通」的新山城，一座座現代化大橋、一個個穿山的隧洞，打通了新生活歡快的脈搏。

山城夜色，很美；夜色裏的故事，更美。

巴達捷夫斯卡的原野

1856 年 6 月的一個午後，22 歲的巴達捷夫斯卡在泛黃的信箋上完成了又一曲鋼琴小品。那高高低低的音符，在五線譜上跳動，像是她對生命的無盡傾訴。對這支樂曲，巴達捷夫斯卡並沒有過分偏愛，同之前創作的 20 多首鋼琴小品一樣，都成了她流淌在琴鍵上的心事，一點一滴地消散生活的沉重與疲憊。

直到 3 年後，在一次聚會中，她讓這支樂曲與朋友們邂逅，一位報紙的副刊編輯無意中聽到又有心地捕捉了，於是，將它發表出來。很快，便風靡全球。直到今日，不論什麼年齡的人聽到它，都會真切地感受到撲面而來的青春，帶着無盡的憧憬和淡淡的傷感。它的名字是《少女的祈禱》，每次與它相遇，我都彷彿走進巴達捷夫斯卡的原野。

巴達捷夫斯卡出生在波蘭的一個普通家庭，父母從事的職業都與音樂無關。而她早早地結婚生子，成為一名有 5 個孩子的家庭主婦。她喜愛音樂，卻從來不是專門的作曲家。儘管後世習慣用「波蘭天才少女作曲家」來為她蓋棺定論，但事實上，鋼琴曲創作不過是她的業餘愛好。每當我陶醉於《少女的祈禱》那清純圓麗、層次豐富的意境和意味之中時，我都會忍不住猜想：巴達捷夫斯卡在短短的 20 多年的人生之中，究竟對生命的意義有怎樣的認知，對生活又有着怎樣的期許？那高高低低的音符，那黑白相間的琴鍵，能夠承載的究竟是怎樣一個生命的原野，引領她從外畢加索高原山腳下的小木屋，穿過時光的街道、穿過夢想的河流、穿過開滿樸素又絢爛的春花的山谷、穿過波德平原白雪皚皚的冬天，一直走到華沙的碧空、維也納的藍天。

有很多人評價《少女的祈禱》，認為「按照所有的規則來衡量，它都不屬於好作品，但每每聽到它，都會熱淚盈眶」。我想，巴達捷夫斯卡的原野是那麼的真誠又隨性，真實又厚重，以至於每一個穿行其中的人，都無法拒絕人性中的藝術和藝術中的人性。

動臥往事

剛剛交了訂金給旅行社，為暑期去上海參訪的 40 名學生購買國泰航空的機票，就看見電視報紙網絡鋪天蓋地的「動臥」新聞——西九龍到京滬兩地有了夕發朝至的火車班次！而且幾百塊的價格，着實有競爭力。我連忙給旅行社打電話，強烈要求退掉機票、改買動臥，原本以為交過訂金、會大費口舌，沒想到旅行社百分之二百的支持配合。我不禁想，航空公司現在該有些「危機意識」了吧。暑期動輒全價的機票，實在令人肉痛。

話說回來，我對火車臥鋪的鍾情，卻不是因為價格，也不是因為它的舒適。20 多年前，我還是個大學生，有過一次從北京到上海搭乘「動臥」的經歷。嚴格地說，那時中國的鐵路經過幾次大提速，雖然速度明顯提高，但也還不是「動車」。當時從北京到上海開通了直達列車，最高時速 200 公里，一站不停，頭天晚上 7 時出發，第二天一早 7 時到達。

4 個人一間的臥鋪車廂窗明几淨，我放好行李就躺在鋪位上看床頭的小電視——在那個網絡剛剛開始發達的年代，這個小電視無疑是很先進的。不一會兒，另外3個鋪位都來了人，一對30幾歲的夫婦帶着孩子。他們友善地和我打招呼，不多時我就和他們開始熟悉了。火車臥鋪就是這樣一個奇妙的空間，原本的陌生人在一個眼神、一個問候之間，不可思議地熟絡，讓這並不寬敞的「房間」傳遞溫情和暖意。那一夜，我向他們請教了不少職場的問題，也和他們不知不覺講了很多生活中的煩惱。記得臨睡前，那個戴着紅色蝴蝶結的小女孩遞過來一個蘋果，奶聲奶氣地說：「叔叔，這是我從家裏帶的，可甜了，你今晚放在枕邊，會做一個甜甜的夢。」我心一陣感動。

第二天一早，車到站，小女孩的媽媽、一位在上海陸家嘴金融中心工作的「姐姐」，叮囑我：「找工作，要沉得住氣，你有潛力，加油！」

動臥的人情味，是飛機給不了的。那是一個未知的「世界」，一段探知「大千世界」、豐富人生的旅程。

春日詩會

接到《香港文學》主編游江先生參加「春日詩會」的邀請，心中有些惶恐，自忖寫不出像樣的作品，再去當眾「聲情並茂」地朗誦，豈不是太貽笑大方。游先生善解人意，他半帶激勵半帶期許地說：「都是和文學結緣的人，談天說地，你聽着也有趣。」他還要我為詩會朗誦一首海子的詩。我忙問是哪一首。不一會兒，「姐姐，今夜我在德令哈……」從微信的對話框裏跳了出來——是《日記》！不得不說，游先生真了解我，就算我能找各種理由不去詩會，都無法拒絕當眾朗誦這首海子的詩。我秒回：「沒問題！」想了想又補充：「每次讀，眼角都濕濕的！」

上個週末，深圳八卦嶺的一間工業大廈裏，香港和深圳的 50 多名詩人——當然，還有我這樣不會寫詩但自信熱愛詩歌的人，聚在了一起。主辦方很有心，不但將大家的詩作結集打印，還請專業樂隊為朗誦配樂。音樂響起了，詩歌流淌了，空氣裏滿是文學的「香氣」，裏面混合着理想、熱愛、時代、思考，混合着不同的顏色和人生。有粵語、湖南話，也有帶着濃濃東北味的粗獷的普通話，有一位旅居香港的外國詩人，用阿拉伯語朗誦了他的詩。這春天的詩會，讓時光很輕，世界很小，愛很長，午後明亮。

輪到我上場的時候，我才發現自己信手寫下的詩有點「不合時宜」，明明是「春日」詩會，我卻寫了一首《妒忌的夏天》。之後，我在一段滄桑的樂曲中，朗誦了海子的《日記》，每一個字，我都似看見從那個天才詩人生命裏迸發的思緒和光芒。

那天給我印象最深的，是游江先生朗誦杜甫的《登高》：「風急天高猿嘯哀，渚清沙白鳥飛回。無邊落木蕭蕭下，不盡長江滾滾來。」游先生個子不高，卻那麼激情滿懷，震驚了在場的所有人。詩人的家國永遠那麼厚重深沉，我一下子對這春日詩會有了更深的共鳴。

廣告人生

好多年前，爾冬陞和鄭裕玲合拍的電影中有一個橋段：作為廣告公司的項目負責人，鄭裕玲飾演的女主角接了為某品牌「衛生巾」做廣告片的任務，腳本通過，但找了多個男演員甲方都不滿意。絕望之時，甲方老闆看到了女主角與老公的幸福合影，當場決定請爾冬陞飾演的「老公」來拍這條廣告片。女主角知道身為中學教師的老公定然不肯，便哄騙他拍的是方便麵廣告，後期剪輯時再將方便麵換成衛生巾。老公知道被愚弄，心中惱怒萬分，但面對朋友們揶揄卻是字字鏗鏘：「呢條片 3 分鐘，幾萬蚊！管它什麼姨媽巾姑姐巾，攞錢最緊要！」

請名人做廣告、促銷量，這是廣告業發展到某個階段的必然，也是電視作為主要傳媒的產物。時代在發展，名人的廣告效應固然還在，傳播形式卻愈發多元：網絡的無孔不入，電子海報的實時互動，各種藝術欣賞時的見縫插針，留給人深度思考產品本身優劣的時間愈來愈少，幾乎為零。若干年前，還經常看到有明星為了某個代言產品的劣質而公開道歉，現如今，已然鮮見了。

愈來愈多的人想當網紅、搞直播、帶流量，不論老嫩，都在賣力地帶貨賺錢。只要能吸睛吸金，「管它什麼姨媽姑姐」！一日，我在課堂上講打算在 IG 上開個文學趣談系列講座，學生們的第一個反應竟然是：「老師，若我幫你帶 1,000 個人進直播間，會有多少提成？」我說免費講座，自然一分提成也沒有。學生們笑我老土，直言很多人從小就開始拍各種小視頻帶流量接廣告，誰還傻傻地義務勞動？

廣告亦人生，人生亦廣告。看來，我與時代已經漸漸脫節，得補上廣告經濟學這門課才好。畢竟，還有那麼多年要活下去，不求大富大貴、身家千萬，但也得想想如何能有溫度的廣告人生，才不白白浪費了讀過的詩書才好。

打邊爐

在香港請人吃飯，打邊爐似乎永不過時。鍾意麻辣的，傾心清淡的，惦念川式重口味的，掛記台式小清新的，都可以在火鍋爐邊找到心之所嚮。雖說香港的這一「爐」同內地比起來，着實不便宜，但倘若時間餘額不是很充足，大概率還是不會只為了一頓打邊爐北上；況且，香港的地方的確小了些，但食材到底還是更新鮮的。

打邊爐，吃什麼倒在其次，重要的是氛圍。鍋燃起來，不一會兒，或油或湯開始沸騰，裊裊霧氣溫馨地拉開就餐的序曲。不論剛剛是在矜持地談論健身養生，還是自嘲式地炫耀子女教育的「虎媽心得」，抑或是不疾不徐地說些「你今天的領帶真的好特別」綿綿情話，鍋內開始翻滾的那一刻，口水便在味蕾邊暗湧，鵝腸毛肚、和牛肥羊，涮在油油湯湯的熱鬧裏，香氣飄在其樂融融的暖心中。相比於動不動過於油膩的重慶火鍋，我更鍾意台灣的，從湯底到菜品，透着一份克制的精緻。本港的很多台灣火鍋，都有不少於十餘種的營養湯底供人選擇。倘若在大涮特涮之前，先為對方盛上一碗鮮美營養的湯，那份溫馨可不是所謂的「老子才是正宗」這種川味的粗獷能相提並論的。

疫情時，一些知名連鎖的火鍋店苦苦支撑，推出了打包半價的優惠，且可以免費提供鍋和電爐。那時候請人到家裏吃火鍋，確確實實是「真情中的真情」，因為倘若所請之人是病毒攜帶者，火鍋這種面對面用餐、熱情騰騰的方式，那家裏的一屋子人就必定躲不過。更何況，「涮」這個動作，是那麼的親密又親切。如今，疫情像是沒有發生過一樣，火鍋店的生意開始紅火。我卻更加珍惜打邊爐的人和時間。我更願意在家中點燃幾枚炭火，將銅鍋從櫃子的高處搬下來，去街市買來肉和菜，豐儉由人，邀三五好友，就着夕陽，趁着星光，在打邊爐的悠然之中，得一份熱誠，種一份靜謐。

畢業照

他們畢業了，我百般不捨、思緒萬千。雖然我只是他們的「編外導師」，他們也只是不定期地同我見面，但 3 年下來，一點一滴的相處都成為最寶貴的回憶： Joe 仔彬彬有禮，每個週末圓方的星巴克，是我們碰面的老地方，或是一起探討中國文學的奧秘，或是分享彼此的生活經歷，我們亦師亦友，把對方當成家人；阿香敏感多思，寫得一手漂亮的文章，從中環歷山大廈出發前往山頂的纜車徑、舊山頂道上，我們一邊聊着寫作的樂趣，一邊鳥瞰維港的景觀；小蘭、小進……每一個人都是一個故事，一段記憶，讓我不忍心看着他們各奔西東。小文不在相片上，我也不知道他為什麼缺席了這張畢業照，但去年春天我們一同去北京參加活動，他聲情並茂地唱起《鼓樓》，本來，我還想這畢業的時候，會聽他再唱一遍，作為紀念……

時光如水，學生們在長大，我在一天天老去。時常想把時光留住，無奈光陰最是無情不待人。晚上，我在燈下翻看 3 年來偶爾留下的合影。那些相片彷彿時間的證據，證實了那一個又一個時刻的存在，我怎麼也看不夠、摸不夠，不止是駐足和停頓，多麼想定格在那一瞬間，讓流逝的時間充盈我全部的想像，讓那美麗的陪伴再重複一遍，再一遍……

其實，畢業照，真的不止是一張大大的合影。在每一個青春年少的心中，每一個被記憶的時刻，每一段被銘刻在生命路上的故事，都是我不斷前行的過程中，我們不斷揮別過去、迎接新時光的明證，也是我們不斷畢業於舊日和昨天的明證。一張又一張畢業照，是豐富的生命，是繽紛的情感，是時光的註腳，更是我們跋涉生活的深情。

不一樣的煙火

記憶裏最美麗的煙火，不在維港，不在處處「夜繽紛」，不在倒數聲遍地的除夕夜，卻是在 2000 年代風靡香港的一部電視劇裏。

韋家輝本來打算為這部電視劇取名為《大時代 2000》，因版權問題改成了《世紀之戰》，劉青雲飾演的股壇專家方新俠與鄭少秋飾演的股壇奇才丁野，將一場發生於世界金融中心香港的資本之戰演繹得動人心弦。大決戰前夕，方新俠決心放棄與丁野的個人恩怨，與仇家丁野聯手，共同決戰國際金融駭客賽斯集團。由於眾志成城，整個股市團結禦敵，很快粉碎了國際金融駭客賽斯集團的捲土重來的所有陰謀。

推動故事情節發展的是方新俠的愛情。那海邊的沙灘，那沙灘上細細的白沙，那說不完的情話，在輕柔的晚風中，化作天邊的晚霞。夜色四起，忽然有煙火騰空而起，一支、兩支……一簇、兩簇……並不宏大，但溫潤；並不熱烈，但深情。隔着屏幕，我都感受到那煙火給人心靈帶來的震撼。也正是從那時起，我明白了這個世界上最美好的東西，定然是拋卻了矯揉造作的刻意，在不知名的「轉角處」收穫意外的驚喜。

故事片中融入的審美情趣和價值導向，是文藝作品能否真正打動人和經久傳世的核心要素。香港的影視劇之所以能夠舉世聞名，不得不說在對人性美的刻畫、自然美的捕捉等方面，匠心獨運、港味濃濃。我始終相信，每一個人的人生，都是不一樣的煙火；每一個努力前行、奮鬥打拚的城市，也都是不一樣的風景。讓我們尋找並珍視這些不一樣的美好，幸福就在身邊，幸福就在眼前，幸福就在明天。

一朵紅山茶

這座城市，每到3月，總有那麼一兩次倒春寒。氣溫驟降，行人個個裹緊衣領，生怕那寒氣挾着些濕冷的細雨灌入衣服裏。

般咸道有幾棵碩大的木棉樹，常常在2月下旬的時候，就綻放火紅火紅的花朵，那積蓄了一冬的力量，在這一刻蓬勃着別樣的青春。而倒春寒來時，那花朵似乎更紅了，倘若有風，半天時間就是落紅滿地，在濕漉漉的地面上沉沉睡去。於是我便有了這樣一個印象：每年3月，只有木棉花開過了、凍謝了，春天才算真正地到來了。

這個3月剛一開始，倒春寒就毫不留情地來了。正值週末，我信步去般咸道走一走。卻不成想那幾棵木棉樹不知何時已經病枯了，乾乾的、懨懨的，我心裏陡然地空落了。定定地立了一陣，悵然若失地往回走。忽然看見有一個穿着校服的男學生，行在我前面的不遠處，他的背囊裏，斜斜地插着一朵紅色的山茶。他走了一段路，又把花從背囊裏取出來握在手中——顯然是擔心弄損了。當他把花朵細長的深綠色的柄緊緊地攥着，臉上露出了一抹幸福的笑容。

這是我在這個倒春寒裏見到的最美的風景了。這枝紅山茶，不像是花店的賣品，大概是他行山時隨手採摘的傑作。他是要送給他的女朋友吧，那該是一個多麼幸福的女孩，擁有如花一樣甜蜜的愛情；或者他要送給母親，那花瓣中定是滿載着親情的感念……我忽然明白，不論是木棉還是這山茶花，倘若我們種在心中，定然不再懼怕倒春寒。真正的春天，不是靠等待來臨的。

看櫻花

東涌的櫻花，一個月前就開了。春節假期，大片大片地燦然着，赤鱲角南路宛如一條迷人的粉紅色櫻花大道。朋友剛滿4歲的孩子，從30樓的家中鳥瞰下去，嘴裏興奮地嘟囔：「龍龍！」朋友好奇，循着孩子小手比劃的方向望去。原來，那櫻花公園中間的小徑在茂密的櫻花之中蜿蜒曲折，像極了龍的尾巴。「這都是太太的功勞。今年是龍年，家裏買了不少福貼和年畫，她比照上面的圖案教孩子識龍、畫龍！」都說孩子是最純真的藝術家，看來不假。

第一次對櫻花好奇，源於日本民謠《櫻花》，30多年過去，仍記得年輕的音樂老師唱起「讓我們快去看櫻花」時，滿臉孩子般的憧憬和幸福。長大後，每年櫻花季去日本成了生活的一部分。不過，我對「看櫻花」漸漸有了不同體悟：剛工作時，將由北向南的賞櫻日期奉若圭臬，一路追逐櫻花綻放的盛景，覺得「看」這件事就應該大鳴大放、熱烈奔放；過了幾年，經歷了職場波折、見識了人性幽暗，「看」的執念就淡了許多，隨緣於櫻花的開和落，趕上什麼都滿足；到了這幾年，我反而更喜歡櫻花開放之前的那份安靜，白雲藍天。

看櫻花，看的是夢想，是成長，是人生。櫻花年年如是，我們的「看」卻可以有愈來愈豐富的內涵，入眼入心的，是物哀、是幽玄、是侘寂、是微異、是綻放的濃烈、是飄逝的從容、是靜待花期的安靜——看櫻花，原本是那樣的純粹和美好。

書房的意義

有一年春節時，去給一位工作上的客戶拜年。其實，我並不太習慣去別人家裏探訪的，特別是這種工作的合作關係，總感覺邊界感更重要。可老闆提醒我，這個從西北來港定居的客戶，很重視春節的傳統，會把春節去家中拜年視為很有文化品味的行為，於是一定要讓我代他送上問候。我暗笑老闆，一個整天與生意、金融、理財打交道的人，又會有多少真心是在意所謂的文化？

客戶的家在圓方上蓋的某大型屋苑。門口的春聯是漂亮的行楷毛筆字，橫批是「春回大地」；一進門，大紅的福貼、窗花、紙燈籠，格外喜慶。女主人為我準備了大紅袍，氤氳的香氣令客廳平添暖意。男主人謙虛地說着「謝謝光臨寒舍」之類的話。女主人見我帶了新出的散文集作為新春禮物，高興地建議「去書房喝茶，你或許會更開心」。

進得書房，但見一桌一椅一書架一鋼琴，牆壁上是手書的《愛蓮說》。男主人告訴我，剛到香港打拚的那幾年，並不算富有，後來終於有錢勉強可以買這套房子，「我一定要拿出一間做書房，總覺得在生存、生活之外，精神需要安放、滋養和慰藉。當時太太很不高興，說多一間房子也應該用來給孩子用。」女主人嗔怪他：「陳年舊事，不要總提嘛。我也蠻喜歡在這裏彈琴看書。待老了，這裏放一張搖椅，多麼舒心的寧靜呢。」

聽了這些，我心下羞愧，覺得不該想當然地認為這些金融專業人士只有「銅臭味」。那份堅持有一間書房的執拗，是一個人對生活品質的追求和創造。在這偌大的城市，有大房子的人很多，認真地擁有一所書房的人很少。滋養精神的寧靜，或許，這正是書房的意義吧。

爾濱，你好！

「老師，你有打算假期爾濱嗎？」寒流襲來的那晚，正要睡去，學生發來的這條資訊讓我開心地笑出聲來。我一下子睡意全無，告訴他，雖然這個冬天沒有機會去哈爾濱看雪滑冰，但十多年前卻在夏季裏「爾濱過」。

那是 2012 年 8 月，草木葳蕤的盛夏。傍晚時分，我一下飛機就直奔中央大街，迫不及待地想一覽這條大名鼎鼎的步行街。踏在街道的石板之上，舉目四望，那歐陸風情帶着時光的分量從四面八方匯聚過來：超過百年歷史的馬迭爾賓館，是法國文藝復興時期路易十四式建築，其略帶冷峻的色調，平添了一份藝術的厚重；奧昆大樓的建成年代更加久遠，折中主義建築風格低調地表達着猶太商人在中國東北扎根發展的那份務實和聰慧；松浦洋行舊址現為教育書店，是哈爾濱最大的巴洛克建築，紅色的半圓形尖頂設計，在黃昏中燦然溫暖。我信步踱入，發現整間書店最好的位置留給了「哈爾濱主題」：膾炙人口的蕭紅的《呼蘭河傳》、陳璵的《夜幕下的哈爾濱》、周立波的《暴風驟雨》、曲波的《林海雪原》、遲子建的《起舞》，令我不禁慨歎，這片土地上的人們，愛爾濱愛得多麼深沉！

中央大街的盡頭，是松花江畔。夕陽的餘暉下，江面遼闊無垠，大小船隻從容駛過，發出雄渾的笛鳴。滔滔不絕的江水奔湧不息，那有節奏的水聲，撞擊着我的耳膜，叩響我的思緒——「我的家在東北松花江上……」這首抗日戰爭時期的老歌清晰地出現在我的腦海。這街道，這城市，這江水，凝結着一種自強不息的民族精神，在夜幕向我走來，擁抱我，感染我，讓我久久不能忘懷。

爾濱，你還好嗎？爾濱，你好！

少年作家班

當時光老人敲響新年的鐘聲，我的腦海裏滿是那 60 雙清澈的眼眸，以及陪伴學生在文字、文學、文藝之中穿行的日子，與他們分享寫作經歷和樂趣的光陰。元旦過後是考試週，然後就是春節了。我在優才（楊殷有娣）書院、漢華中學、中華基金中學開辦的「少年作家班」，要 3 月份才會繼續上課了。而那 60 名學生竟成了我這個元月最大的牽掛。

兩年前，在一次交流中，得知漢華中學着眼於學生今後前往內地求學創業、打算加大學生中文能力的培養力度，亟需寫作經驗豐富的專家支援。我感動於漢華中學的這份遠見，便主動請纓，策劃創辦了「少年作家班」。我自己編寫了教材，從經典的名家千字散文入手，在培養孩子們的中文閱讀樂趣中，引導他們領悟寫作的奧妙。記得有個理科成績特別好的學生叫施鍠霖，記憶力很棒，我重點講解的段落他總能一字不落地背誦下來。他後來在中文科考試中名列前茅，興奮地寫信給我：「吟誦，讓我對中文的美有了全新的感知。雖然我以後不一定成為作家，但我一定可以自豪地說，我能很好地掌握母語！」

學生們知道我在香港《文匯報》開了專欄，每一期都會找來看，有時候還會和我交流閱讀心得。前些天發表在本欄的《朋婚記》，優才（楊殷有娣）書院的小誠同學看到後調皮地問我：「老師，你在那麼短的篇幅裏寫出了淡淡的喜悅和憂傷，祝福和妒忌到底哪個多呀？」多麼可愛的孩子！我不禁會心一笑。

「少年作家班」3 年來有 300 多人參加過。當我看到孩子們對中文的興趣與日俱增，寫出來的文章愈來愈漂亮，無限欣慰。作為一名作家，在創作之餘為香港的青少年做點實事，我倍感踏實。

百年潮商

不知不覺，2023 年就要過去。動筆寫本期專欄，忽然發現自己欠了「潮商」的「債」。此潮商，並不是在香港商界叱咤風雲的潮州商會，亦不是來港經營的某個潮州籍富商，卻與他們又都有關聯。坐落於薄扶林道上的香港潮商學校，今年已經成立 100 週年了。兩個月前，校長詹漢銘先生約我為他們的百年校慶寫點什麼，我一口答應，卻一直沒有完成，像是在等待某一個日子、某一個情緒，叩開我與潮商學校的故事之門。

6 年前，也是這樣一個冬日，我受同事所託送 10 歲的 Eric 上學，第一次來到潮商學校，看着詹校長親切地與每一個孩子朋友般地打招呼，我悄悄地問 Eric ：校長每天都這樣嗎？Eric 用力地點點頭。彼時，Eric 從內地到香港插班讀小四，家人十分擔心粵語和英語都是零基礎的他無法適應學習環境，更不用說快樂學習。沒想到，僅僅 3 個月，到第二年春天的時候，Eric 不但在語言方面突飛猛進，更興奮地告訴家人他好喜歡這個學校。問及原因，性格內向的他竟然滔滔不絕。我聽下來，主要是老師對學生耐心、細心，學校氛圍愛意濃濃。Eric 畢業時升入英皇書院，後來又轉去喇沙書院，但不論到哪裏，他都對潮商學校的培養念念不忘，這是後話。

3 年前，因為一個公益項目，我竟然有幸成為香港潮商學校的「編外導師」，於是和這所學校有了更深入的了解。它有百分之六十以上的學生來自基層家庭，更有相當數量的少數族裔學生。從校長到老師，都努力讓學生獲得更多的資源和關愛、更好地完成學業。尤其讓我感動的，是兩件小事：一位受公益資助的學生，當我得知他的家境貧困到拖欠幾個月校巴費用時，便決定專門為他申請另一筆經費用來交車費，沒想到他的家長十分誠懇地婉拒了，並說：「我們已經得到了很多。」另一件事是今年春天，詹校長把本可以自己學校獨佔的資源主動介紹給另外一些基層家庭學生較多的學校。我不禁慨歎：這樣的學校，從骨子裏傳遞的就是謙卑和大愛，培養出來的學生，怎麼會沒有一顆善良的心？

百年潮商，薪火相傳。衷心希望香港潮商學校愈辦愈好。

斷橋記

鴨綠江水就那樣靜靜地流淌，夕陽的餘暉在江面上氤氳出金燦燦的光。兩座跨江大橋並排而立，肅穆又沉默，似連接着歷史、當下，又似牽動着遐想無限的未來。12 月的第一天，我來到丹東，這座中國東北的邊境小城。

到丹東的第一站，就是看斷橋。這是鴨綠江上的第一座跨江大橋，建成於 122 年前。1950 年，它被美國空軍炸斷，成為抗美援朝戰爭的有力見證。朝方的 3 座橋墩，在冬季的夕陽下落寞清冷，橋墩上的彈孔密密匝匝，那是經受了狂轟亂炸後殘存的印記，醒目地講述着戰爭的殘酷；中方所剩的四孔殘橋依然保持着最初建成時的模樣，屹立江中，別具威嚴。而斷橋的旁邊，則是中朝友誼大橋，與斷橋並稱姐妹橋。

1950 年 6 月 25 日，朝鮮半島爆發戰爭，美國派兵入侵朝鮮，並將戰火燒到鴨綠江邊，中國安全受到嚴重威脅。「抗美援朝，保家衛國」的口號發出，1950 年 10 月 19 日，彭德懷臨危受命，率領中國人民志願軍跨過鴨綠江，兩座大橋成為戰爭的交通大動脈。它們應該是那場戰爭中的「詩」，短促有力，記錄着歷史的硝煙，凝結着保家衛國的意志和精神氣概。

夜燈初上，姐妹橋霎時間戴上了寶藍色的項鏈，在夜空下格外好看。據說，藍色深沉平和，寓意不忘戰爭、祈禱和平。忽然，江邊的人行步道上傳來陣陣歌聲：「雄赳赳，氣昂昂，跨過鴨綠江。保和平，衛祖國，就是保家鄉。中國好兒女，齊心團結緊。抗美援朝，打敗美帝野心狼！」原來是十來個年輕人自發地唱起了《中國人民志願軍軍歌》。我的眼角濕潤了，首戰兩水洞、激戰雲山城、會戰清川江、鏖戰長津湖，彷彿就在昨天，就在眼前。

景山冬日

許是緣分使然，大學畢業後的這 20 年間，但凡有機會到北京遊覽景山，竟都是在冬日。

十年前的冬天，我為一個在京召開的國際會議擔任法文翻譯。會後，陪兩名法國工程師去了故宮。冬日的大風把兩位外國友人吹得暈頭轉向，從神武門出去，景山便在眼前。我故作神秘地說，景山上有最美的北京城，他們一下子瞪大了眼睛。於是，我引着他們登上景山，在萬春亭前向北眺望，北京城佈局的中軸線便清晰地呈現在眼前：近處的北海白塔，稍遠處的鐘樓鼓樓，再遠處的德勝門，以及中軸線兩邊的各式建築，令北京城似一幅千百年的時光聚集而成的畫卷，在目光裏徐徐展開，一份博大，一份深沉。外國友人情不自禁地說：「再借我一雙眼睛吧！」轉過萬春亭，向南俯視，紫禁城的雄偉瑰麗在夕陽中格外燦然。

6 年前的冬日，我到京公幹，抽出半天時間與好友徐暢爬景山。那是個安靜的冬日午後，冷冽的空氣透着別樣的純淨。

周賞亭、觀妙亭、萬春亭、輯芳亭、富覽亭，歷史系畢業的徐暢對這五方亭的掌故如數家珍。彼時，他正在媒體做夜班編輯，而同樣是媒體人的妻子也常常要值夜班，兩人結婚幾年也沒能要孩子。徐暢一直想換個行當，卻屢屢碰壁。我打趣地說，這景山上的亭子都頗有禪理，特別是富覽亭供奉的不空成就佛是北方如來，代表「成所作智」，以大智慧成就一切眾生事業。徐暢半信半疑，不料那年冬去春來之時，他成功地換了工作，半年後又喜得貴子，如今又從北京調到香港，開啟了新的人生。

於我，景山冬日可以沉澱我人生的思緒，讓我在鳥瞰偌大的北京城時，收穫一份淡定、一份從容。

彼岸

20 年前的深秋，第一次到鼓浪嶼。陽光很安靜，日光岩上人不多，一個又一個巷口，在高高低低的歐式建築中探出頭來。三角梅在街角的外牆上恰到好處地點綴着。在鼓浪嶼上舉目眺望，不論哪個方向，都似乎望不到彼岸。目光穿過近處幾個不知名的細小的島嶼之後，便一定會落在大擔島、二擔島，之後便是金門了。

那時候，有一些遊船，打着近觀金門風光的噱頭招徠遊客，每客 100 元人民幣——當時廈門島內最好地段的房價也不過 2,500 元一平方米。而實際上，那遊船不過是在距離金門頗遠的地方遙遙地望上一眼。我問導遊：「到了金門，可看見那海岸線？」導遊嗤嗤地笑起來：「海岸線？你想說是基隆港嗎？」

是啊，與其說導遊懂我，不如說廈門人更懂對彼岸的相思。廈門市歌《鼓浪嶼之波》，一代又一代廈門人吟唱着對彼岸的思念和找尋：「鼓浪嶼四周海蒼蒼，海水鼓起波浪；鼓浪嶼遙對着台灣島，台灣是我家鄉。登上日光岩眺望，只見雲海蒼蒼，我渴望，我渴望，快快見到你，美麗的基隆港……」

10 年前，我終於有機會見到了基隆港，卻不是在廈門島或是鼓浪嶼的遠眺。那年夏天，我從香港飛到台北，再搭乘北上的火車，曲曲折折地來到基隆。基隆港沒有歌曲裏唱得那麼美，甚至有些破舊，但溫馨是一定的。我登上它旁邊的山望向大海，試圖從另一個方向看到彼岸，尋找鼓浪嶼的影蹤。終究，我一無所獲。基隆港的周圍也是四海茫茫。

這個秋日，在廈門灣，我遠遠地眺望廈門島、鼓浪嶼以及它們身後的金門，不禁又一次問自己：那彼岸，那通向彼岸的，究竟是多遠多遠的一條路呢？

外灘 9 號的夜與日

夜色中，外灘 9 號愈發沉默，它像是一個滿腹心事的少年，矗立在萬國建築群裏。上海的十月，秋風初起，暮色蒼茫，黃浦江上，夜遊輪來來往往，閃爍着溫和的燈光，在江水中上下沉浮。一邊是中山東路上的車輛川流不息，建成於上世紀初的眾多建築鱗次櫛比，動輒超過百年歷史；一邊是浦東的璀璨奪目，東方明珠電視塔與世茂中心俯瞰着魔都的現代文明。

作為上海灘唯一一座英國喬治攝政時期的北美殖民地風格建築，外灘 9 號兩三層的紅磚外牆別具巧思：白色的塔斯干和科林斯式立柱與紅色磚牆形成鮮明對比，重新顯現出古典主義建築的韻味；尖頂的屋脊，寬闊的迴廊，令中西交融與海納百川的個性即便在夜色中也分外顯眼。

萬樓叢中一點紅，海派文化的底蘊既在建築的細節，更在歷史的洪流。1872 年，洋務運動風起雲湧，中國第一家新式輪船運輸公司正式成立，輪船招商局成為中國近代民族工商業的先驅。1887 年，清廷以 220 萬両銀子從英國人的旗昌洋行手中購入外灘 9 號地塊，次年，輪船招商局遷入辦公。值得一提的是，輪船招商局在 1873 年起即在香港開辦業務，今年整整 150 週年，為香港社會經濟發展作出重要貢獻。

清晨，外灘在汽笛聲中甦醒。我走近外灘 9 號，正門上方那「輪船招商總局」幾個大字滄桑有力。頂樓之上，五星紅旗在秋風中獵獵招展。早到的遊客在導遊的帶領下，饒有趣味地聽取建築的歷史和特色介紹。我不禁想：外灘 9 號，難道僅僅是一處打卡的景點嗎？它是歷史的，更是恆久的。一部跨越中國近現代民族工商業發展、自強不息的百年滄桑史，盡在這紅色小樓的面前——清朝完了，軍閥來了，民國又來了，東洋人打進來了，抗戰勝利了，內戰又開始了，後來上海解放了……在新中國，外灘 9 號見證了民族復興必然到來，所以，它永遠年輕。

劉禹錫的秋

唐詩宋詞，寫秋的名篇實在太多：王維的《山居秋暝》，「明月松間照，清泉石上流」，靜謐之中煽動着秋的靈性，他的秋，美在詩情畫意；杜甫的《登高》，「無邊落木蕭蕭下，不盡長江滾滾來」，滿懷的悲壯、永不退色的家國情懷，他的秋，美在立意深沉；歐陽修的《玉樓春》則把相思之苦寫到盡：「夜深風竹敲秋韻，萬葉千聲皆是恨。」那是怎樣的一個秋雨之夜啊，相思的苦悶，字字血淚般刻在風敲竹葉的聲響裏，他的秋，美在悱惻纏綿。不過，我還是最喜歡劉禹錫的秋，他的秋，美在豁達樂觀。

唐永貞元年，34 歲的劉禹錫終於迎來了人生仕途的第一個高光時刻，在唐順宗的支持下，劉禹錫和王叔文等積極改革朝政，力圖改變宦官亂政、藩鎮割據、民生疾苦等種種弊端。劉禹錫在這場被稱為「永貞革新」的運動裏，展露了卓越的改革創新精神和銳意進取、主動作為的才華膽識。無奈這場運動只維持了半年就隨着唐順宗的逝世以失敗告終。舊勢利的清算和反撲，將劉禹錫從宰相貶謫至朗州司馬，這樣的打擊，放在誰身上，都是不小的人生挫敗，更何況是正值青壯年的劉禹錫，春風得意之時一下子被趕出了朝廷。劉禹錫一路顛簸來到朗州，秋意深深，當他望見在天空翱翔的白鶴愈飛愈高，他心中豪情湧動。

「自古逢秋悲寂寥，我言秋日勝春朝。晴空一鶴排雲上，便引詩情到碧霄。」闊大的胸襟、樂觀的精神、不屈的意志融解了仕途的失意、人生的不幸，那凌雲的鶴，載着詩人的詩情，一同遨遊到了雲霄，非凡的氣勢裏，是永不向命運言敗的不屈啊！

劉禹錫的秋，彷彿從沒有老去，跨越千年，啟迪我童年的立志、鼓舞我奮鬥的青春、激勵我企圖躺平和混日子的青春。人的一生，總要經歷不同的挫敗，也總有高低起伏的變奏。但並不是每一個人都能在本來可以悲秋的時刻，找到那一隻引領自己衝向雲霄的凌雲之鶴。而劉禹錫的才情，顯然不止是作詩為文，更是在深諳人性和世事之後，仍然相信可以奮鬥每一個秋天，將日子打拚成「勝春朝」的詩。這是我們應該記取的。

何處是歸程

毛岸英報名參加了抗美援朝志願軍。臨行前，他來到中南海，向父親告別。而此刻，毛澤東正眉頭緊鎖：是按兵不動，還是跨過鴨綠江——剛剛成立的新中國，百廢待興，他要運籌帷幄、千方百計，更要千言萬語、凝聚共識。毛岸英透過那飽經滄桑的綺窗，看着父親那深思又明亮的眼神、疲憊又堅毅的面孔，心中滿是不捨，卻懂事地委託秘書告訴父親自己來過，便匆匆離去——那窗子裏透射出來的深黃色的光暈，將毛岸英的背影拉長。第二天，毛澤東跟眾人講，奔赴前線就意味着犧牲時，神情一下子溫和起來：「昨天岸英來看我，見我忙着，就走了……我也是父親，孩子去前線，我也惦記啊……」

這是《志願軍：雄兵出擊》中最打動我的一幕。是偉人，也是父親，在不同人生角色的交織裏，毛澤東做出了自己的選擇，更帶領國家做出了「雄兵出擊」的抉擇。在很多重大的歷史題材電影裏，場面的雄偉、特效的運用、知名演員的傾力演出，都會成為票房的保證，但在我看來，《志願軍：雄兵出擊》

這部電影，最成功的地方，恰是用這樣溫情的色調，讓情感有了釋放、昇華、感染的超然空間，在人性的幽微處，彰顯出放下「小我」、實現「大我」的思維邏輯和哲學內涵。

面對媒體的鏡頭，導演陳凱歌講述電影核心主題的同時，解釋了片名的由來：「中國的老百姓，穿上軍裝拿起槍，變成了志願軍去保家衛國。抗美援朝戰爭是波瀾壯闊的戰爭，動員了那麼多部隊，中華兒女入朝作戰，每一個人在這浩如煙海的戰爭中真的是滄海一粟。我們之所以再三斟酌，選定《志願軍》作為本片的片名，就是因為『志願軍就是老百姓』！這些我們不認識的無名英雄或者無名戰士，才是抗美援朝戰爭的主體。」

不少志願軍，永遠地留在了戰場上。對於他們來說，人生短暫又恢宏。他們經歷了保家衛國的洗禮，經歷了炮火連綿的考驗。

何處是歸程？當年的志願軍以及今天的《志願軍》，指引我們尋找精神的家園。

悠悠「文匯」

同樣的報頭，一個在香港，一個在上海。《文匯報》，讓我在這兩座城市之中，找到了溫潤宏闊的精神家園。

20 年前，我在上海做大學教師，住在新天地附近的弄堂裏。晚飯後散步去外灘，必定經過福州路 436 號。那是《文匯報》最早創刊的地方。上世紀三十年代，一批抗日愛國知識分子在這裏創辦了《文匯報》，似寒冬中的一團火焰，照亮了「孤島」時期的上海。她承繼了中國志士仁人薪火相傳的家國情懷——從徐鑄成的社論《告若干上海人》到全文登載《論持久戰》，萬千群眾透過這張報紙，聽到了中國共產黨正義的呼聲。我時常在課堂上講起《文匯報》，告訴學生們，這份報紙承載着中國知識分子在歷史轉折時期追求真理的高貴風骨，因為她率先刊登真理標準問題討論的文字，先後發表了小說《傷痕》、劇本《於無聲處》等震撼時代的文藝作品。在上海的那些年，我也偶爾給《文匯報》的「筆會」副刊寫稿，記錄我對「海派文化」的點滴領悟。

10 年前，我在香港工作，《文匯報》仍是我每日必讀的報紙。此香港《文匯報》和上海《文匯報》同宗，卻是地地道道的香港報紙。這背後，是上世紀四十年代《文匯報》經歷了被迫停刊的動盪，一路輾轉從上海來到香港，在各界愛國人士的幫助之下，終於在 1948 年 9 月再創一份香港《文匯報》復刊。香港報業發達，我獨愛《文匯報》，箇中原因，除了有為上海《文匯報》撰寫稿件的緣分，更因為與其他報紙相比，《文匯報》既是知識分子的精神家園，也有滿滿的香港煙火氣。她的墨香，陪伴着我見證香港的變化，尋找香江的溫度。兩年前，我在香港《文匯報》副刊開了散文專欄，憑闌遠眺或是近觀，書寫維港兩岸的人文故事。我非常珍視這樣的一份緣分：從上海到香港，同樣的報頭，同樣的精神家園，都給了我自由的創作空間，讓我一面從閱讀中收穫，一面在創作中耕耘，那份充實和富有，獨一無二。特別是如今的「采風」，更貼地、更精彩，每日讀來，不同風格、不同領域的文章，一個又一個小故事，凝結成沉甸甸的主旋律，唱響這座城市海納百川、中西交融的人文底蘊。

香港《文匯報》贏得人心的關鍵正在於一批有精神追求的報人。他們把走過千山萬水、訪過千家萬戶、寫盡萬語千言，當作事業的詩和遠方。懷抱這樣的耿耿之心，他們動腦去想、起身去做，哪怕行於困頓，也不被職業的倦怠感所淹沒。當這種情懷自內心流至筆端，一篇篇文字匯成一個個版面才得以樹立起自己的品格和聲譽。衷心希望經歷了 75 載歲月的香港《文匯報》，愈辦愈好，繼續以品格和自信刻下厚重印記！

壺口岸邊

密密匝匝的人，在狹窄的步道上挨挨擠擠、接踵摩肩。的確，40 度的高溫，無法阻擋人們朝聖般的腳步和比天氣更加炙熱的眼神。在這名叫壺口的岸邊，一切的一切，都在咆哮着、奔湧着。恢宏、雄壯、磅礴……這些看起來氣沖霄漢的詞彙，在黃河之水面前，在人們心中激盪的滿腔自豪面前，都那樣的平淡，甚至渺小。這裏是壺口，尚書《禹貢》曰「蓋河漩渦，如一壺然」，滾滾黃河奔流至此，500 餘米寬的洪流驟然被兩岸所縛，50 米的落差，令河水翻騰，聲勢如同在巨大無比的壺中傾出，河口收束狹如壺口，故名「壺口瀑布」。

壺口瀑布名曰「壺口」，實則橫跨陝西、山西兩省。以黃河為界，黃河以西是陝西宜川縣，黃河以東是山西吉縣。從行政地理上，兩邊都各有一個「壺口鎮」。大自然鬼斧神工、奇妙無比——在陝西，看「天下黃河一壺收」；在山西，看「黃河之水天上來」，各有特色。此次，我在陝西一側，但見峽谷之中，浪花飛濺，水霧迷濛；峽谷之外，陽光映照下，不時閃現大大小小的七色彩虹，令人目不暇給。岸邊，有很多頭上圍着白毛巾、身穿羊皮襖、趕着毛驢的老鄉，遊客們紛紛與之合影，為這陝北黃土高坡上的日子平添了一份喜慶氣氛。

有人在岸邊唱歌，細聽去，是信天游《山丹丹開花紅艷艷》:「山丹丹開花紅艷艷，咱們中央（噢）紅軍到陝北……」夏天，形似萱草的山丹丹花還沒有開放，但這歌聲裏旺盛的生命，似讓人看見那花朵漫山遍野、被染得火紅，熱烈、喜慶，充滿活力。在第一次國內革命戰爭時期，陝北的百姓就把參加紅軍叫「鬧紅」，這歌聲點燃了我的思緒：廣漠無垠的黃色高原，千溝萬壑，連綿起伏，這一代又一代傳唱的信天游清峻、剛毅而又飽含着沉鬱、頓挫，蘊含其中的精神正是中華民族自強不息的民族之魂，如這滔滔的黃河之水……

食糉雜記

粽定糉？《說文解字・新附》中，糉字的解釋為「蘆葉裹米也」，右半邊「嵏」是聲符。後世改變聲符，多寫作「粽」。《本草綱目》載：「古人以菰葉裹黍米煮成尖角，如棕櫚葉之形，故曰糉」。看來，「糉」更顯本義。

母親重視節日，尤其在吃這件事上，絕不馬虎。她通常在南北行買來七八人份的糯米，再捎帶上一些黏黃米，以及河北的大棗，浸泡、洗淨，然後於端午節前幾日的某個夜晚，於燈下開始包糉。母親輕輕地拈起兩條長度相近的蘆葦葉，捲成漏斗狀，灌入一把糯米，放一顆大棗，再撒上一捏黃米。我在旁邊看得出神，屏住呼吸，生怕自己驚擾了母親——那漏斗狀的蘆葦葉中，已是滿滿的米，稍不留神，就要溢出。母親不慌不忙，一手穩穩地握住「半成品」，另一隻手輕而易舉地從桌上雜亂無章的蘆葦葉中，將又細又長的那枝揀選出來，與「半成品」相疊，再完整地包好。母親教我用草絲將糉綁起來。我一邊笨手笨腳，一邊情不自禁——貪婪地嗅那清香，蘆葦葉的香氣幽幽淡淡，草絲的香氣則稍濃，再混着糯米和黏黃米的味道，像極冬季之後的第一場春雨，落在春季大地，泥土混雜着草木的那種香氣，層次豐富。

長大後，才知道那綁粿的草絲，是馬蘭草。「離離悠草自成叢，過眼兒童採擷空。不知馬蘭入晨俎，何似燕麥搖春風。」園子裏的馬蘭草一叢叢舒展着嫩芽，一片一片的嫩葉，在春光裏煞是動人。一群孩子跑過，轉眼間採摘一空，舉在手中嬉笑追逐。一旁站立的詩人，不禁搖頭輕笑。最美的春光莫過於此。

母親做好的粿，最先品嚐的，卻不是我，而是鄰居家與我同齡的小胖。小胖從小就沒了親娘，母親常留他在家中吃飯。端午這天，母親一大早就會煮好粿子，讓我邀約小胖玩耍，再自然而然地把粿子拿給小胖。起初，小胖會憨憨地笑：「好好食喔！」看着他，母親的眼裏滿是慈愛。後來，小胖的父親再娶，他再來我家食粿，就似乎多了心事，還是那樣彬彬有禮，但眼神多了憂鬱。有一年，已讀中學的他剝開粿葉，恭恭敬敬地遞給母親，一定要母親先食，不知不覺，眼淚就流了下來。

前些日子在戲曲中心看傳統京戲《鞭打蘆花》：閔子騫 10 歲喪母，其父再娶，繼母李氏給自己親生兒子做的棉衣裏裝的是絲絨，給閔子騫做的棉衣裏裝的是蘆葉。其父發現後決定休了李氏，但閔子騫雙膝跪地以情動父：「母在一子寒，母去三子單。留下高堂母，全家得團圓……」我忽地就想起了母親的粿和如今已成家的小胖。

北大紅樓

紅磚、紅瓦，那一片紅永不褪色，穿越百多年時光，在北京五四大街 29 號的黎明裏，閃耀永不磨滅的光輝。每一次來這拜謁，內心總會有不同的詞彙碰撞、交織：壯懷激烈、不忘初心……它們連同那厚重的時光，令歷史鮮活，令今人奮進。

北京大學紅樓，前身為北京大學第一院，落成於 1918 年，是中國近代史上李大釗、陳獨秀、毛澤東最早傳播馬克思主義和民主科學進步思想的重要場所。「誓死力爭，還我青島」的標語，印有《建設的文學革命論》的《新青年》雜誌，蔡元培親書的「思想自由，兼容並包」信箋……在那風雲際會的年代，改變中國的力量，在這個紅色的磚木結構樓宇中，聚集，出發——1919 年 5 月 4 日，3,000 餘名學生從這裏出發，前往天安門前廣場，舉行了聲勢浩大的示威活動，「外爭國權，內除國賊」、「取消二十一條」、「拒絕合約簽字」的口號響徹寰宇！

在那之後的半年內，中華大地湧現出約 400 種白話文新刊物，許多舊雜誌也改為白話文，商務印書館發行的書從 1919 年的 602 種到 1920 年的 1,284 種，翻了一番。1920 年 3 月，鄧中夏、高君宇等 19 人在北京大學紅樓秘密成立馬克思學說研究會；同年 10 月，在北京大學紅樓一層東南角的李大釗辦公室，北京共產黨小組成立。有人這樣評價：「世界上似乎沒有一個像中國那樣的國家，學生如此一致和熱切地追求現代和新的思想觀念，特別是關於社會和經濟方面的思想觀念。」

前些天，我帶 20 多名香港中學生到北大紅樓參觀，他們在「第二閱覽室」駐足：1918 年毛澤東在第二閱覽室工作，每天負責登記新到的報刊和前來閱覽者的名字，領取 8 塊錢的薪金。如今，閱覽室恢復了陳列，報架上擺放着《國民公報》《惟一日報》《順天時報》《華文日報》……當晚，我看到有學生在研習記錄本上寫下：「恰同學少年，風華正茂；書生意氣，揮斥方遒。指點江山，激揚文字，糞土當年萬戶侯。曾記否，到中流擊水，浪遏飛舟？」我不禁欣慰地點點頭。

食魚記

吃魚這件事，跟年齡也是有關係的。

兒時，喜歡吃整條的魚。從記事開始，每個星期至少有 3 日有魚入餐的。母親做的紅燒魚外焦裏嫩，湯汁的香氣引得鄰居誇讚，時常上門「取經」，討教做紅燒魚的秘訣。我也極其好奇，便盯着母親買魚和做魚的過程。久了，也便看出些門道：買魚時，不能選太大的，往往 1 斤左右，「太大了，口感差，咱家的鍋也只能放這麼大的魚，入味也快些」；整理好魚後，不急着下鍋，要有點耐心去調配料，醬油、蠔油、料酒、香油，再加上鹽和雞精，母親的手就像是天然的秤，一捏、一抓、一舀，就八九不離十了；再之後就要看刀工了，母親會在魚身兩面各刮上幾刀，漂亮的十字花紋交錯着，煞是好看，「料酒的味道可以從這些紋路中入進去，既除腥，又提鮮」。

母親說這些時，手裏面並沒有閒着，她已經打開火將油燒至七成熱，將魚炸一炸，就撈了出來。我問母親，為何不直接將湯汁和水倒進油鍋裏。母親告訴我，那樣做出來的紅燒魚，會有土腥氣。母親用炸過魚的那鍋油，趁熱將薑、葱、蒜放進去，煸出香味後，才加入湯和水，然後才將魚重新放進去。「想要好吃，就不能怕麻煩。大事不能怕麻煩，細節也不能怕麻煩。」母親的這句總結，我一直記到今天。

後來，年齡稍長便偶爾隨父親去吃酒席。在婚宴上見得最多的是松鼠鱖魚。這大概是因為父親祖籍在江蘇，親朋故舊的子女結婚，會按習俗用這道江蘇經典名菜做壓軸。我第一次見到時，童言無忌：「這是魚還是花？好漂亮的金黃色呀。」眾人哄笑。因為那金黃色是鹹蛋黃蓋澆的一層，增加酥脆的口感，又能使得整盤菜的造型看起來更豐滿。後來大學時讀到清代的《調鼎集》，才知道「松鼠鱖魚」自清代就是名菜，專門被皇帝欽定於書目之中：「取季魚，肚皮去骨，拖蛋黃，炸黃，作松鼠式，油醬油燒。」不過，我不喜歡酸甜口味的魚肉，吃得並不多。

工作之後，學校的同僚們聚餐，往往分成兩類：一類是吃辣的，一類是不吃辣的。我遊走於兩類之間，便飽嚐各式各樣的清蒸魚、豆豉魚，以及剁椒魚頭、水煮魚。身價極高的「四大魚王」——老鼠斑、蘇眉、海紅斑、青衣，以及在大酒樓裏時常彰顯檔次的東星斑我也都嚐過，但那味道總覺得不夠盡興，似少了些什麼。人這一輩子，到底還是兒時吃慣的口味，記憶雋永，那味道裏面，有母親的叮嚀、教誨與愛，受用終生。

人生沒有標準答案

每每考試結束，總有學生心照不宣地「對答案」：此題選A還是B，彼題答0還是1，燒了曹營的是袁紹還是孫權，好望角邊上立了塊旗子的是哥倫布還是達爾文。若一致，便齊齊歡喜鼓舞，即便是大家都錯，也至少收穫了自信，它大概率會激發緊接着奮戰另一場考試的鬥志和求勝慾。當然，答案若不一致，不同的學生會略有不同：有的選擇不去探究，這多半會發生在中四、中五的學生身上，因為他們已經懂得「過去的已經過去，已經發生的無從改變」，並且可以用理性的定力去實踐「往事不可諫，來者猶可追」；愈是低年級的學生愈會受到「不一致」的干擾，帶來的就是懊悔和受挫感，甚至是登時哇哇大哭。記得剛入行時，我會悄悄地跟同事講：「這孩子，真是自尊心太強，不過就是錯了題而已嘛。」而如今，我會覺得，不論怎樣的表現都很正常，誰又能定義，面對這樣的受挫感，哭和不哭哪個才是標準答案呢？

考試有標準答案，但生活沒有，人生就更沒有。不過，現實生活之中、隱秘之中的人性帶來的行為慣性卻是彼此要經常對一對答案，看看別人在幹什麼：有小學同學結婚了，生了兩個娃，於是很羨慕別人的天倫之樂；有中學同學移民英倫，在泰晤士河邊上夜夜笙歌，每到週末一家人在牛津校園徜徉，綠樹藍天，令人艷羨；有舊同事創立公司，賺了大錢，同樣的年紀，早早地實現了財務自由；有新朋友左右逢源，善討老闆歡心，升職加薪，又讓日日苦做的自己倍感神傷……很多時候，所謂的「標準答案」，來自他人，而「自己」是最不重要的，可有可無，直至在「標準」中被放低、被消失。那是多麼可悲的人生。

白天工作，晚上寫作，我極少去參加飯局，不懂得應酬；有空了也會約聊得來的朋友，喝杯茶，交流一下近期讀過的書或是看過的電影，也偶爾會聽一聽朋友家長里短的傾訴，但，只是做一個傾聽者，幫助朋友完成情緒的釋放，這大概是天性之中的一種悲憫。我曾問過自己，放下書，不寫作，在這些原本屬於自己的寧謐時間裏，也非常「合群」地去 social，去找「有用的人」喝酒、唱歌，去從眾地和「大家」聊那些不感興趣的事，我能堅持多久？一天、一週，還是一個月？可那樣的我，還是我嗎？

你應該合群，你應該結婚，你應該生孩子，你應該像別人一樣……這些話無論是假意還是真心，都只是別人的意見，一定不是標準答案。因為人生沒有標準答案，每個人的生活都值得被尊重。活着，是為了不斷找到那些真正有趣的事，做一個絕不完整但十分精彩的人。

志蓮淨苑遊記

農曆正月初三，天藍如洗，宗豪兄駕車載我去志蓮淨苑。由山門入園。山門在陽光下越發莊嚴肅穆，鎏金黃閃閃發亮，一如「山門」象徵明燈之寓意，正正指引眾生走向解脫之道。宗豪兄笑稱：「人活一世，俗務纏身，俗物亦不少，煩惱因慾而生，想要解脫，先要放下慾，着實困難。」宗豪兄剛剛升級奶爸，家中小兒夜夜喚他起身餵奶。我暗諗他所言俗務，大抵如此，便朗聲勸慰：「幸福的俗務，不是人人有，多少人求之不得。」

進得山門，有大小 4 塊蓮池。蓮花是佛教法花，為純淨無染之意思。4 個蓮花池取意象於「淨土經變圖」，意為阿彌陀佛淨土的七寶池及八功德水。池水靜謐悠然，蓮葉新綠盎然，蓮花或紫或粉，濃淡相宜。有蜻蜓落其上，薄翼如紗，輕盈如畫。我看得凝神，宗豪兄的興致在別處——庭院當中，有銅製燈盞，有蓮花座及佛像印刻於上，禪意深深，長明不滅。我問宗豪兄：「何為俗物？蓮和燈盞，孰雅？」宗豪兄聽出揶揄，哈哈大笑：「欣賞俗物，境界也。」

穿過蓮池，是天王殿。天王殿的壁畫，既有中華傳統文化之中的敦煌壁畫之特色，亦有日本平等院鳳凰堂的影子，文化融合盡顯。天王殿的屋簷設計頗見功力：上簷，鎏金鴟尾，栩栩如生；中簷，鴛鴦交首，活靈活現。大殿供奉虛空藏菩薩，安詳睿智，慈悲永駐。在中國民間，普遍信仰虛空藏菩薩能增進福德、智慧，消除災障，增長財富。八世紀時，虛空藏菩薩信仰由中國傳入日本，僧侶間頗盛行《虛空藏求聞持法》以增進記憶力，日本高僧空海即曾修此法。宗豪兄專門準備了兩個紅包，畢恭畢敬地投入佛前的功德箱內。我好奇：「為何兩個？」宗豪兄言：「替子結緣。」我問：「何不攜子前來抱拜，豈不更加誠心？」宗豪兄撓撓頭：「太小，恐啼聲驚擾。」此時，恰天王殿兩側鐘樓鼓樓齊齊發聲，我笑言：「誠心感天動地，佛祖已知。」

天王殿後，便是更加幽深的院落。大雄寶殿位於庭院的後方，是全寺的中心。信眾依次排隊前行，向釋迦牟尼禱告。佛祖的慈光之下，我祈禱各種與疫情相關的限令早日完結，社會完全復常；宗豪兄喃喃唸唸，我問他所求為何時，他詭譎一笑：「不能言，告訴別人就不靈了。」

我很喜歡園中古樹，其中更有兩棵羅漢松是由湖南移植來港，樹齡超過二千年，大大小小的樹木姿態各異、妙趣橫生。志蓮淨苑的整體設計，無論看植物、建築、古園林，盡顯中國建築藝術中虛實互濟、天人合一的精神，是一本活的教科書，值得一遊。

食雞記

以前常去紅磡和黃埔打卡雞煲店。有一家「紅姐雞煲」，開在蕪湖街上。晚上 6 點，就已是大排長龍。當時附近大學有內地生經常去，說是最解饞，「有家鄉的味道」。我跟着去了幾次，漸漸地就明白，這「家鄉的味道」並不出在味蕾上。那「紅姐雞煲」，論菜品質素，真是乏善可陳，只不過就是捨得多放油、調料給得足，但那雞肉明顯是飄洋過海不知在碼頭的冰櫃裏放了幾耐的冷凍貨，口感並不好。內地生喜歡的是那環境，再加上價格實惠，一大份才 98 蚊，各種配菜每份也都在 20 蚊以內，可以毫無顧忌地大快朵頤。

據說，老闆紅姐在油尖旺區小有名氣，當然，在最初來港的那些年，她用的花名還不是「紅姐」，毫不在意被人稱作「北姑」的她，很紅很紅，在旺角的按摩店察言觀色、俘獲回頭客，漸漸地積累了「自己開店」的資本連同野心。

不知為什麼，當這些坊間傳聞被帶回學校後，去雞煲店打卡的同學愈來愈多了。也許這種「另類」的勵志故事，也是吸引客源的絕佳方式。只不過疫情的第一年，它就執笠了。我和大學同學聚會時，每每說到這件往事，總會無聊地八卦那紅姐是不是換了地方重操舊業，繼續風光無限、「雞」味更濃。

日子總要過下去，食雞必不可少。我漸漸地學會了和父輩一樣，去參加酒席時專登留意是否有「雞肉」大菜，並用這道菜來暗暗評判主人家的「誠意」和店家的「手藝」。印象最深的是尖東的富豪軒，論起婚宴等，並不是 90 後們的首選，但它家的「茶皇燻雞」卻是貨真價實的名菜——先炸再燻，吃上一口，滿是茶香。這道菜得到亞洲美食節的大獎，以至於我在某次婚宴邂逅了這道菜後，便時不時地想念，每個季度都要去回味一次。有時候一個人去，有時候叫上三兩好友。點半隻茶皇燻雞，再配上一份杏仁豬肺湯，另叫一份上湯時蔬，分量剛剛好。

開在金鐘太古廣場上蓋的夏宮，是品質一直相當穩定的米芝蓮餐廳，它的炸子雞中規中矩，是那種最傳統的做法，外酥裏嫩。去的次數多了，我有種感覺：點這道菜的人，會被服務生暗暗地讚賞——招牌菜無須推介和多說什麼，懂的人自然懂，這種無言的默契大概也是饕餮的另一種境界。有好幾次，友人做東，請我在夏宮小聚，服務生熱情地推介一些新菜，友人和我相視一笑，念念不忘地加半隻炸子雞，服務生很佩服地笑了笑，那一聲「好」很是舒服。

開在彩虹邨的金碧酒家，也是食雞的好去處。「醬油雞」聽起來雖然直白，卻入味得很。它的妙處在於醃製時的糖分掌握。一如生活，太甜了會膩，好日子也要恰如其分才更懂珍惜。

那些事

生命的細節

公司所在的寫字樓已有些年頭了，任憑怎麼裝修和翻新，到底還是上世紀七十年代的結構。於是，逼仄的洗手間常讓人無法「隨心所欲」地轉身。日子久了，難免心生怨懟，如我一樣的男士，不但在方便之時「拖泥帶水」弄髒小便槽下的地板，而且暢快之後，還將廢棄紙巾時不時鬥氣般地丟在垃圾桶外面。有時洗手的動作過大，洗手的水從盥洗盆中滴滴答答地灑出來，再踩上幾腳，地面就愈發污糟了。

起初，我並不覺得這有什麼，暗想：大家都這樣嘛，反正有清潔工人。他們每兩個小時就會打掃一次，據我觀察，每次打掃後，洗手間必定乾乾淨淨，小便池下顯然是做了專門清潔，不但了然「無痕」，而且沒有一絲異味，連盥洗台上方的鏡子都會擦拭得一塵不染，亮堂堂的。之後就是再被人弄髒，再打掃，如此循環，大家竟然理得心安。

直到有一天，放工時去洗手間，正看見工人剛剛做完清潔，將「清潔中，請稍後」的牌子小心翼翼地收起來。是一位頭髮已然不茂密的大姐，看上去年過半百，雖然戴着口罩，我依然能從她的眼神裏，看到一些愁苦的表情。她顯然很累了，額頭上沁滿了細小的汗珠，工作服也略濕着，見我要進去，忙提醒：「洗手間剛洗完地，地板濕滑，請小心會跣低。」聲音不大，但像是一隻無形的手一把揪住了我，令我心生愧疚：她辛苦地勞作，換來的究竟是什麼？難道僅僅應該得到一份微薄的薪水嗎？而西裝革履的我們，又有多少心情去感知到她內心的愁苦和養家餬口的沉重？又有多少發自內心的尊重？甚至，如我一樣，根本忽略了自己本來可以做好、也應該做好的「保持環境衛生」這樣一個簡單的習慣，還自以為是地認為「不尊重」理所應當！大姐蹣跚着走遠了，她那佝僂的背影，讓我想起了兒時為了操持生計、日日辛苦勞作的母親。

在細節裏，我思索着。

一個深夜，醉酒的我從中環搭港鐵的末班車回家。車廂裏的人三三兩兩，帶着忙碌整日後的倦容。胃裏早已翻江倒海的我，好不容易熬到青衣，一下車，就嘔了起來。跟在我身後落車的女士躲閃不及，漂亮的連衣裙一下子被濺髒了。她皺起了眉頭。蹲在地上的我自知闖了禍，擔心被咒罵，支撐着站起來，正欲說聲「對不起」，不料耳邊響起的卻是：「先生，要緊嗎？」見我還有些踉蹌，便攙扶我坐到站台的椅子上。她叫來站內的工作人員，才放心地離去。

港鐵的工作人員是一個二十出頭的小伙子，他先是確認我是否需要叫救護車，並去倒了杯水遞給我。趁我在椅子上休息緩衝的當兒，他身手敏捷地將弄髒的地面收拾乾淨。然後又來到我身邊，懇切地說：「先生，不要着急，先休息一下，有任何需要都可以告訴我。」說完就在我身邊的椅子坐了下來——我明白，細心的他是擔心倘若一直站立着，難免會讓我因而感到侷促而不安。多麼善解人意！我稍稍緩過神來，又望向他，那年輕的眉宇中間，蕩漾着星空一樣的清純。

走出車站，夜已深。我不禁想：他的家人也在焦急地等他回家吧？或許，他的母親輾轉未眠，只因為這個夜兒子比往常回去得遲了；或許，他的太太會嬌嗔地抱怨，只因為他吵醒了一家人的清夢。而這個年輕人在面對我這個「意外」時，卻沒有絲毫的煩躁和急促，反倒是付出了十二分的耐心和誠懇。他，還有那個穿着連衣裙的女士，用一份寶貴的質樸為我撐起深夜裏別樣的燈盞，將人性的光亮與溫暖遞過來、遞過來，照亮我歸家的旅程。

在細節裏，我感動着。

4 月末的一天，我到西環的某間學校探望讀四年級的小璐。這之前，在學校老師的穿針引線之下，我們通過半年的書信。他在信中會告訴我學習的情況，間或也有生活的煩惱，於是我了解到他有兩個讀中學的姐姐，一家人全靠母親一人做零工維繫生計。見到我時，他有些怯生，說話甚至有些磕絆。過了一陣，他才慢慢地放鬆下來。臨走了，我從口袋裏拿出事先準備好的一盒珍妮曲奇餅乾，遞給他：「下個星期就是母親節了，這份禮物你可以帶回家，等母親節的時候和媽媽一起品嚐，要記得感恩母親，給了你生命。好嗎？」小璐楞了十多秒，然後「哇」地一聲，哭了起來！我的緊張一下子無以復加：是不是我說錯了什麼？校長也聞聲趕來。

過了好一會兒，小璐才平復下來。他哽咽着說，他和兩個姐姐經常會路過那家珍妮曲奇餅店，每次都眼巴巴地望着盒子上可愛的小熊圖案，「姐姐告訴我，她在同學家曾經嚐過一塊，特別好吃。」說到這，小璐頓了頓，「有一次，媽媽帶我散步，也路過了那裏，她雖然知道我十分喜歡，家裏真的是沒有閒錢買……」我和校長聽着，眼圈紅了。校長悄悄和我說，小璐每日需要坐校巴上學，已經拖欠了兩個月的車費沒交了，學校知道他家的情況，也不忍心催促。

一盒珍妮曲奇，不過 70 元港幣，卻是橫在這個社會底層家庭心窩上的一座山。我的無心之舉，不經意間替孩子實現了一個期待已久的心願。模糊的淚眼中，我似看見他和家人圍坐一起、吃着曲奇的幸福神情。溫暖一個孩子的童年，原來竟可以這樣簡單，而我做得卻少之又少！

在細節中，我前行着。

我們的一生，很多事情沒有頭尾，不過是瞬間和片段，甚至也來不及去記錄開始和結局，但在這些細節之中，我們能體悟到生命的分量：當生活的意義和目的是給予的時候，我們才能為生命增添色彩、賦予新意。對這些細節的理解力也正是一種生命力，它的深刻源於生命的蓬勃和寬宏，它更是一種熱愛，意味着真誠的奉獻和給予。

尋物記

碼字多年，卻從沒有自己買過筆記型電腦，不論換到哪裏工作，公司都為我配置好。那筆記型電腦一般就是閒置在家，除了偶爾 home office 和出差，幾乎不用。所以，當一個月前公司忽然給我買了一台新的筆記型電腦、替換已經用了五年的舊電腦時，我有些受寵若驚。

當天放工，我稍稍糾結了一下：新舊電腦之間的文件拷貝究竟在辦公室還是在家裏進行？最後還是決定把新電腦帶回家去。實在不記得那天晚上我被什麼事情給纏住了，只記得那天睡覺前想着反正週末有大把時間拷貝文件，就安然入眠。接下來的第一個週末、第二個週末、第三個週末，我都沒有理睬。直到第四個週末，我對房間進行大掃除，發現新電腦不見了！

新電腦我從沒用過，甚至沒看上幾眼，所以根本沒什麼印象，也着實想不出我究竟放在屋子的什麼地方。翻箱倒櫃、裏裏外外，連廚房水槽底下的壁櫥都找了。室友忙前忙後地幫我找，還寬慰我：「別急，再好好想想。會不會是沒帶回來？」我於是又到公司找了一遍，還是沒有。

某天深夜，輾轉反側的我甚至有些迷幻：是不是我拿到電腦之後借給誰了？於是發了一條朋友圈：「誰借走了我的電腦？」兩天，無人回覆。這時，一友人問：「會不會是室友拿了？」「不會。」「憑什麼這麼肯定？」我不知如何答。「他是不是很熱心地幫你找？他是不是還告訴你不要着急？他是不是建議你找其他地方？」一連串的問話，讓我更睡不着。再怎樣，我也不願也不能懷疑身邊的朋友。因為惡意揣測丟了朋友比丟了一部電腦帶來要讓我痛心得多。可是，我又該如何找電腦呢？好幾個朋友發來同樣的資訊：「這麼大個人，連個電腦都看不住？」我疑心自己得了失憶症。

菠蘿蜜老樹

去台灣，專門抽時間從台北到基隆，只為看一眼那棵菠蘿蜜老樹。

還記得去年第一次看到它時，正值花期，只見十多米高的樹上，枝葉繁茂，雄花光滑柔嫩，在小枝條的末端，像一個一個小棒子一樣密密地排列着、簇擁着，暗綠的顏色，稍不留神，就會誤認為是葉子；雌花顯然要奪目許多，雖然也是成片地簇擁着聚集在一起，但都長在粗大的枝幹上，從外表上看，那才是傳統意義上的「花」，花瓣是鮮綠色的，襯着白色和黃色的花粉，煞是好看。聚集在一起的雌花最終會長成碩大的果實。聽同行的朋友說，菠蘿蜜的花期很短，能同時看到雄花和雌花十分難得，一年也不過幾週的時間。

我的這份幸運，是胡适先生給的——這菠蘿蜜老樹，原是一九五三年一月十日上午，胡适先生到基隆與文藝界人士會談，會後到中正公園參觀，由於當時想不出帶什麼禮物來，因此，他親手栽植一株波羅蜜樹，作為給基隆民眾的禮物。這個故事，被寫在了一塊只有一台尺高的小石碑上。上面還說，胡適先生的此舉，發自對中華傳統「禮儀」的恪守，所以，歷任基隆市長都會在上任之後的一年內，到胡适先生手植樹處培土和紀念。台灣朋友告訴我，一代又一代基隆長大的孩子，可能不知道演電影的明星是誰，但一定知道胡适先生和這棵菠蘿蜜老樹。

我既驚訝，又感動。偌大的城市，究竟要以什麼為根，以什麼為魂？究竟要如何滋養生活於斯的人們？追求物質提升的同時，對國學大師的尊重與懷念、對傳統文化的堅守與傳播，需要一代又一代人的努力吧。而基隆，這個看起來基礎設施建設並不摩登的城市，卻因為這棵老樹讓我心生喜歡。

返程時，去街邊的 7-11 便利店買東西 —— 就這樣一個小小便利店，竟然認真地擺着書架，上面有魯迅的小說、蕭紅的文集、張愛玲的《小團圓》。我驚呆了。我不知道還有多少城市的 7-11 便利店，除了時尚雜誌和報紙，還有這些書在賣？這才是深入一個城市骨子裏的文明，注定生生不息。

台北來信

週一一大早，投遞員送來一封厚厚的信，而且是掛號信。信的封面被掛號標籤遮了起來。我簽收的同時有些好奇：是誰這麼鄭重其事？因為寫作的緣故，我一年到頭收到來信的數量，比起身邊只是接收到各種賬單才想起「信件」這回事的同事要多一些。但即便是稿費的支票、各種樣報樣刊，甚至是稅單，也從來沒有掛號的。我迫不及待地掀起標籤，「台北捷運公司」幾個漂亮的卡通字跳了出來。原來是它！

事情還要從上個月的專欄說起。今年二月，我把在台北搭乘捷運的經歷和體驗寫進了文章裏。《捷運車廂裏的目光》一文在此專欄發表後，很多讀者寫信給我，既有表達和我同樣感受、對台北捷運讚賞的，也有吐槽其他城市的地鐵交通種種不足的。大學的恩師看了我的文章，專門打來電話，表揚我從細節之處捕捉到了一個城市的人文脈搏。受到這些啟發，我在想，應該把這些故事和感受告訴台北捷運。於是，我極認真地寫了封信，一千多字，把我在專欄文章裏沒有寫盡的感受，都寫了出來，相當於又寫了兩篇專欄。我上網查找了台北捷運的有關資訊，把信連同刊有專欄文章的報紙一併郵寄了出去。

一個月來，我漸漸地忘記了這件事。而且，當初寫信時也並沒想過要有回音。沒想到卻接到了這麼鄭重其事的信。我忙打開，台北捷運董事長李文宗先生的親筆簽名信躍入眼簾：「您將所見所聞於平面報紙與大眾分享，細說所感受到的人情溫暖和友善，我們除了感謝還是感謝！這份正面肯定是我們得到的最好讚美！」信比較長，除了表達感謝，還向我介紹了我非常感興趣的台北捷運形象短片。

我反反覆覆地讀着，逐字逐句的溫暖讓我感動不已。我不禁想起去年冬至，我在專欄寫了在港鐵員工的幫助下、手機失而復得的事。我專程把報紙送給了港鐵站，之後卻是杳無音信。

這是細節，是文化。不漠視每一份真誠，回報一定是發自心底的讚賞與真愛。謝謝你，暖心的台北捷運。

葉子的顏色

香港公園裏，一對父子在散步。「爹哋，呢片葉真係好靚，金金黃！」「係啊，乖仔，你記不記得頭先我問你，樹葉係乜顏色，你點答我？」

我循聲望去，那小男孩大概五六歲，一雙大眼睛水汪汪的，他彎腰撿起那碩大的肉桂樹落葉，諗一陣，沒有繼續對話，看向父親，咧着嘴嘿嘿地笑了，臉上流淌着童真的狡黠。「樹葉不只有綠色。五顏六色，多彩多姿，這才是樹葉的顏色。」那個年輕的父親一邊說着，一邊牽着小男孩的手走遠了。

望着他們的背影，我不禁心生感慨：這樣的父親，睿智；這樣的孩子，有福。多年前，我曾到一所中學做中文閱讀與寫作講座，在互動交流的環節，有學生問：「您說寫作需要想像力，那您有提高想像力的竅門嗎？」那或許是我為數不多的在講座中斬釘截鐵地說「沒有」。因為，我生怕自以為是的教導，對孩子們認識世界、形成自己獨特的想像空間和構建想像的方式造成傷害。

一個人的想像力的形成，只有依靠自己的眼睛去慢慢發現和觀察生活中大大小小的事物，然後抽象地概括進入眼簾的一切，之後再憑藉知識積累和廣泛閱讀，讓思維遨遊、讓思緒發散、讓思悟鮮活、讓思考深刻，最終形成只屬於自己的想像空間。這在某種程度上也正是寫作靈感的源頭活水，讓文字的表達具有鮮明的個性烙印和張弛有度的質感。

葉子顏色不是簡單的「綠」能概括的，至少，我們應該去比較這一片葉子和另一片葉子有什麼不同，即便我們從前人的經驗裏可以小心翼翼地得出「綠」的結論，也一定要明白影響葉片顏色的，除了季節的更迭、光線的變化，也還有人的心境。宇宙如此遼闊，世界如此繽紛，我們每日的進步，正在於不斷打破認知的局限。

飯局

我最近陷入了「本領恐慌」：飯局上的講話。朋友之間的約飯，並不是飯局。因為沒有那麼多繁文縟節、刻意而為，更沒有那麼多虛假的客套。越是關係交好的朋友，越是隨性自在。喜歡飲酒，小酌一二；喜歡品茶，一壺香茗。至於吃什麼，怎麼吃，只要大家開心就好。當然會在心裏念着朋友的喜好，但一般不掛在嘴上，也不會特別委屈自己，有時候還可以毫無負疚、大大方方地讓朋友遷就一下自己。這就是純粹的約飯，不是「局」，所以就沒有那麼多局囿。

到了飯局，一切都變了。先是要講座次。級別最高的一定要坐主位。坐了主位，就要營造氛圍，也就是必須要帶頭喝酒，還要起個頭，端着酒杯「講幾句」。這個講幾句，真是考驗水平：太文縐縐，沒氣勢；太大白話，沒層次；太小家子氣，沒氛圍。就這麼幾句話，不是長篇大論，不是鴻文巨著，但要有氣場、鎮得住，讓每一個入局的人都心領神會這頓飯的意義，要讓每一個吃飯的人感到開心，要讓接下去的整個就餐過程大家有話可說、興高采烈。依我看,「講幾句」考驗的是一個人的思想、閱歷,一不留神就會成為笑柄。

我實在是太害怕這個「講幾句」了。因為我知道自己講不好。饒是工作了二十年,也還沒學會假意的真誠,尤其是面對一些被各種關係強拽着入局的陌生人,我真不知道一起吃飯的樂趣從何而來,再讓我認真地表達「十分高興今天能和大家在這裏相聚」,難道不是人世百態的一種滑稽?

飯局的「藝術」除了「講幾句」,還有敬酒、陪酒和佈菜,處處皆風景。輪流敬酒的過程,大家開始熟絡,開始推心置腹,真誠無比。待酒醒之時,頭痛欲裂,往事如煙。心中留下的不過是人生體驗中的一份無奈和隱秘,僅此而已。

德輔道的中與西

聽說西港城上面的「大舞台」執笠，我吃了一驚。疫情前，內地同事到港出差，十有八九會在「大舞台」聚餐。從信德中心出來，沿天橋跨過干諾道，紅磚砌成的愛德華建築風撲面而來。

西式的建築內，滿是中式特色的店舖。推開大型圓拱下的木門，穿過古玩小店、特色手工藝品店以及專賣上海旗袍布匹的舖頭，才能到「大舞台」坐定。叫一桌子港式點心，沏一壺西湖龍井，時光悠然，任食客們自行補腦夜幕降臨之後，台上人影交織、舞步翩翩，台下燈紅酒綠、推杯交盞。

西港城的門牌是德輔道中三百二十三號，但實際上，它地面的門，都開在別處：北門在干諾道上，東門在摩利臣街，南門正正對着新街市街。在我看來，德輔道中和德輔道西，恰是以西港城以及附近的歷史建築群為分隔的。所以，西港城以德輔道中為門牌，也算是恰到好處，暗合了德輔道本身精彩。

作為香港唯一一個以法文命名的街道，「des Voeux」一詞，是香港第十任港督，一個祖上來自法國北部、後來移居英國的家族姓氏。他的任內，加速填海，於是有了如今的西港城、西區警署、香港終審法院大樓等一批歷史建築。而電車，溫情脈脈地將德輔道的「中」與「西」隔樓望海地牽起來：西港城電車站是個樞紐站，從這裏西行車輛可經摩利臣街至干諾道西，東行車輛則可經急庇利街進入德輔道中，在干諾道西設有一段分隔道路，供電車前往德輔道西，那段路正對着大海，讓人銘記和眺望。

每每在西港城的天橋落去，聽見德輔道中與西之間那叮叮聲響，我都會想起《胭脂扣》裏，如花輕輕一問：「不知道我再來的時候，還有沒有電車？」當然有的。你聽，那叮叮聲正在敲響香江又一個春天。

演員

「歡迎大家有空來找我，聊聊天說說話，感情增加，對團隊合作、整體工作成效都一定很有好處……」台上的老闆溫文爾雅，這樣一番話令大家倍感溫暖。我忍不住抬頭，尋找他目光裏的溫度，卻無論如何也無法與他四目交匯——到底是老闆，他的眼神分明望着聽眾席，卻是目空一切的，說不出他到底把目光投給了誰。

我不禁悄悄地拿出手機，給身邊的好友發信息，告訴他自己這個奇怪的感受。好友看了看我，拚命地點頭。我幾乎要笑出聲來，因為好友這樣的動作和表情，一定會讓台上的老闆覺得，這個團隊裏的年輕人是在對他的話極度認可，那麼真誠。世界真是奇妙的存在，不經意間老闆和好友都成了優秀的演員，整個房間熱烈燦爛。

老闆在台上繼續滔滔不絕，我暗暗地觀察起周圍的同事來。做事最少、晉升最快的小李，不時地點頭讚許；經常早退、考核卻從不受影響的老張，不時地做恍然大悟狀；加入公司十年的中年陳，像是剛出校門的學生，在本子上認認真真地記着什麼。老闆愈講愈信心百倍、容光煥發。我心裏暗暗發虛，趕緊見賢思齊、調整坐姿、雙目聚焦，有個念頭卻不合時宜地在腦海裏亂竄，摁都摁不住：去年，我想找老闆「聊聊天，說說話」，老闆的秘書委婉地勸我要懂事、要體諒——「老闆多忙呀。」

終於散會，待老闆離開了，中年陳笑吟吟地將筆記翻得嘩嘩地響，像是打了勝仗，又像是欣賞一件傑作。我心下敬佩，這中年陳的速記工夫真是了得，說不定書法也頗有水準。正巧，他急着去洗手間，命我把本子幫忙帶回辦公桌，我悄悄地打開，上面用楷行草隸寫了一整頁的歌詞，薛之謙的《演員》。

早春黃鶴樓

農曆正月還沒過完，武漢蛇山腳下的櫻花已經開得燦然，長江邊的春天來得真早啊！拾級而上，穿過刻有《重修黃鶴樓記》的碑亭，飛簷層層、葫蘆形寶頂的黃鶴樓，便近在身前了。仰頭望，「楚天極目」4 個大字氣勢恢弘，卻看不清落款。這出自誰的手筆呢？

一邊想、一邊行。第一層大廳的牆壁上，是一幅巨大的陶瓷壁畫，黃鶴翩然、白雲悠悠，天高雲淡、時空渺遠之象躍入眼簾。兩旁立柱上有一副楹聯：「爽氣西來，雲霧掃開天地撼；大江東去，波濤洗淨古今愁。」讀罷，內心豁然開朗，一份豪氣油然而生。我在第二層駐足良久，大理石鐫刻的《黃鶴樓記》，記述了樓的興廢沿革和名人軼事。我努力尋找「楚天極目」4 個字的題寫資訊，無果。再向上行，李白、白居易、陸游、岳飛等吟詠黃鶴樓的名句，連同他們的畫像，被刻在七八米之高的牆壁上，霎時間，「此地空餘黃鶴樓」的悵惘，「黃鶴樓中吹玉笛」的輕快，「江水映悠悠」的怡然，「紅葉林籠鸚鵡洲」的傷感，齊齊湧上心頭。我不禁慨歎：到底是黃鶴樓！它是武漢的人文地標，更是中華的人文地標；它是古往今來詩文的匯聚，更是文人精神的象徵和匯聚。「狂處士，真堪惜」，離開黃鶴樓前，又看到牆壁上蘇東坡的這首詞，不知為何，我對禰衡之死有了更深的惋惜。

回港後，我翻閱了很多史料，才弄清楚那「楚天極目」4個字出自武漢參與辛亥革命武昌首義的一位老人之手，名喻育之，他一生追求思想進步、熱心公益，題字時已經是96歲高齡，被武漢市政府讚譽為「百歲辛亥革命老人」。

沙龍記

週末，尖沙咀彌敦道上的商務印書館，成了我和學生們相約的好去處。

上午 10 點，距離沙龍開始尚有 1 小時，學生已三三兩兩地入場了，不到半小時，書店二樓的演講廳挨挨擠擠地坐滿了人。一張張青春的面孔，頃刻間點亮了這個春天。我心下感動：他們有的住天水圍、上水，一大早爬起來趕路，就為了參加沙龍、聽我的講座，一同在中華傳統文化的世界裏走一走、看一看、想一想，實在令人欣慰。

上午 11 點，沙龍正式開始。第一講是《「西遊記」的法寶規則》。《西遊記》中的各路神仙和妖魔，都使用了哪些「法寶」？這些「法寶」又有怎樣的觸發機制和使用規則？而這些規則的背後，又體現了中國人怎樣的文化傳統乃至哲學理念？我講得逗趣，孩子們聽得有味，踴躍發言、分享見解。一場沙龍不過 60 分鐘，但這短暫的時光，卻如一條洗禮精神、傳承文化的紐帶，讓我和孩子們成了心靈、情感、文化都愈貼愈緊的好朋友。

兩天時間，從《西遊記》到李白、杜甫，從「蒹葭蒼蒼，白露為霜」的柔婉到「把酒問青天」的豪邁，我在一場又一場的沙龍裏，帶領一批又一批的學生們徜徉在浩瀚闊大的中華傳統文化世界裏。我們用這樣的方式，心繫家國，迎來香江的又一個春天。

不少家長、老師和孩子們一同前來，座位不夠，他們就站着；門內的空間不夠，就立在門外，隔着窗子踮起腳，伸長了脖子，一站就是一個鐘。我的好友、中華基金中學廸信校長來為我加油，連連誇讚這沙龍的形式「輕鬆、貼地」。他還說：「沙龍地點選得好，既聽講座、又逛書店，愜意！」

等你

天陰沉沉的，雲朵密密實實地交織着，毫無縫隙的天空愈發低垂，黃昏就這樣無聲無息地到來。其實，也不過才下午 4 點 45 分，可夜的味道，開始清晰起來。

一個頭髮花白的老伯，佝僂着從拐角處閃過。5 點的小巴，應該還在山路上飛馳。他拄着拐杖，步步艱辛，卻步步堅定。他在站台上駐足立穩，小心翼翼地把手伸進了上衣口袋。我心下好奇，站在幾米外凝神細看。只見他摸索了一陣，掏出一個褐色的牛皮紙信封來。很別致的長度——比起一般的標準信封，顯然短了一截，倘若是特製的高檔貨，那紙張又似乎太粗糙了些。

他的手微微顫抖。信封沒有緘口，他將兩頁紙抽了出來。我看不清上面的字，但能大體認出，那豎排書寫的是流暢的行楷。老人的臉，漸漸隱沒在信箋裏。有風吹過，寒意深深。老人的肩膀開始顫抖，那種很平靜的顫抖，像極了冬天的詩。隱隱地，有低沉的哭泣聲傳來。我能感受到他內心裏拚命的壓抑。不知道他是誰的誰，丈夫、父親、兄弟，抑或是兒子？我心疼起來。

老淚縱橫。在那滿是皺紋的臉上，淚水沉默。我將頭別過去，不忍直視。忽地，一把蒼老又決絕的聲音幽然響起：「仔，我等你回家啊！我等你！」我回頭，老人將信顫巍巍地對摺，卻是試了幾次，怎樣也無法再將信紙塞回到信封裏。我好想幫他，又覺得冒昧和唐突。

小巴終於來了。我終於鼓起勇氣，上前幾步，攙扶老人上車，落座。老人道着謝，把信封收好。信封右下角，「赤柱監獄」4 個字，在夜幕中若隱若現。

長春行記

乘高鐵從長春西站一出來，北風立刻包圍了我，拍在臉上、鑽進脖子裏。即便那厚實的秋褲已然令我行走起來笨拙如熊，也抵擋不住那份東北的冷。不到 5 分鐘，我感覺渾身上下已經涼透了。「趕緊上車！」接站的大哥一邊接過行李、一邊用憨實的嗓音招呼着。他本沒這義務的，這一接一迎間，我感受到一份黑土地的熱情。

第一頓飯是烤全羊。我換上蒙古族服裝，按照當地習俗，為這餐飯「剪綵」。剪綵前，蒙古族的姑娘小伙載歌載舞，高亢悠揚的歌聲把蒙古包的故事和風情恰到好處地遞過來，令人倍感溫馨。吉林省很重視我們遠道而來的客人，嘉寧處長熱情地向我介紹餐桌上的「吉林味」。「吉林省是國家糧食供應的重地，黑土地上生長的大米又黏又香」，嘉寧處長言談間滿是自豪。

下午 3 點，我們來到長春客車製造廠。我和香港的一眾中學生在廠領導的帶領下，詳細了解了客車製造的工藝流程，更特別參觀了目前港鐵訂製的、正在生產線上的車廂！那一刻，我心裏有一種別樣的感受：大國重器，讓香港和長春，這相距幾千里的城市，聯繫得那麼緊密。

當晚，辛靜部長在長春南湖賓館設宴款待我們香港研學團一行。滿桌的吉林特色菜，令人目不暇給。有一道菜叫「黃金鈎」，很多香港孩子第一次見到那麼飽滿的「豆角粒」，瞪大了眼睛看不夠。席間，香港同學們向辛靜部長表示感謝的同時，更齊聲唱起了《我和我的祖國》《繁星》。大家從背包裏拿出專門從香港帶去的五星紅旗揮舞起來，暖意融融的房間霎時成了紅色的海洋。

「動」迎新春

歲末將至，各種拜訪多了起來。一年到頭大家都忙，碰面不易，但碰了面做什麼也是個問題。吃飯最常見，在佳餚美酒中敘舊，在推杯換盞中暢想，其樂融融。能不能來點新鮮的？前些日子，我和平日裏私交甚篤的幾位校長聯絡，談及聚一聚，大家一致決定，動起來！

中華基金中學廸信校長和漢華中學嚴助校積極協調場地，足球、排球、籃球、羽毛球、網球……選哪一樣？感覺都不錯。英華書院狄安兄脫口而出：「獨樂樂，不如眾樂樂。」是啊，我們為何不和學生們一起「動」迎新春？也讓他們在準備期末考試的緊張氛圍中放鬆一下。說幹就幹，包括香島中學在內的幾間學校按照運動項目把學生組織起來，大家商定，重在交流、重在友誼，不追求成績，出出汗、健健身，用青春心態與孩子們共迎新春。

那個午後，陽光燦爛，天空湛藍。我們拿出原本「觥籌交錯」的時間、精力與資源，和學生們一起運動起來。排球場上的你來我往，籃球場上的颯爽英姿，足球場上的衝鋒拚搶，羽毛球場上的鬥智鬥勇，我們在一旁坐看、聊着、笑着，在午後的陽光裏，人到中年的我們，彷彿又重新回到了中學時代。我們也忍不住下場，雖然身手不再矯健，動作也略顯笨拙，但那汗水的味道依然年輕。這樣的午後時光，簡直是上天的恩賜。孩子們不論輸球贏球都開開心心，他們告訴我，這樣的交流活動沒有比賽的壓力，很純粹地「玩」，實在太美好了。

對孩子如此，對大人不更是如此嗎？「動」起來，用純粹的美好和心態，迎接人生又一個春天。

真心何處

半月前，本港某青年團體一個帶「長」的中年男人聯絡我，表達了想為香港青少年發展作點事情的「雄心壯志」。我本來不太喜歡這樣被動捲入另一個人「慷慨激昂」講東西的氛圍，即便隔着遙遙電波，我都能想見這個在中環工作的金融男，是多麼的自負、自大和自以為是。可無奈，這個人是我的一個好朋友推薦來聯絡我的，我不想太粗暴——換做其他人，或許我早就掛掉電話，也可能會突然說：「對不起，有人找我，等下再傾。」然後就叫「等下」，變成永恆的沒有下文。

中年男人的訴求其實並不複雜，他說他和另外幾個都在中環工作的「高大上」的成功人士，有愛心想為大中學生指點迷津、指導學業和就業，想拜託我發動我的學生去參加他們組織的一個「分享會」：「我們這些人時間都很寶貴，願意拿出時間來關心青年人，這是為香港青年發展作重要貢獻啊！某某某領導之類的都一定會支持！」我問：「那你的分享會有多少學生參加呢？」他理直氣壯：「現在還沒有。所以想拜託老師你找

60 個學生來！」我吃了一驚：「你的分享會在平日，學生們也有自己的事情，我不確定能找多少人，估計 10 多個人會有興趣，但我會盡力找一下。」他更加氣吞山河：「我們這麼好的資源，怎麼學生還不願意參加？10 多個人，數量上太少了，不好看！」

我終於決定粗暴地掛斷電話了。真是活久見——口口聲聲說要為青年發展作貢獻，且是重要貢獻，連對學生最起碼的尊重都沒有，還一味地追求數量上的多，這樣的「雄心壯志」，到底有幾多真心？我無奈地搖搖頭，又狠狠地把這個電話拉入了黑名單。

病中偶得

每到換季的日子，身體總會用自己的方式提醒主人：20多歲的時候，要風度不要溫度，着涼後只流幾日鼻水；過了35歲，就實實在在地經不起涼了，咳嗽頭痛，醫生即便聽到我的氣管已經如風箱般歇斯底里，依然會毫不客氣地拒絕我對抗生素的哀求。醫生的理由當然是「一切為了病患」，鼓勵我要靠自身的免疫力打贏戰爭。如今，人到了四字頭，身體更加敏感，也更加脆弱。秋風將起時，嗓子先癢，然後是輕咳，去看醫生，必是先給止咳水；待這幾日涼透了，人咳到夜不成寐，再去看醫生，拿抗生素，吃了，等待痊癒。

我漸漸地明白，病痛是用來享受的。醫生拖延性的用藥，貌似療身，實則療心。國慶假日，臥床不起，足足3天昏昏沉沉，我在半夢半醒之間，腦海裏紛沓而來的，竟都是美好的回憶——這些年，在什麼地方，遇見了誰。也終究明白，自己最懼怕的並不是死亡，而是明明清醒，卻沒有力氣做自己想做的事，沒力氣愛自己想愛的人。讀中四的契仔發來一連串的信息，請教這段時間以來遇到的問題，有學業的、有感情的、有課外活動的——我在咳到大腦缺氧、靈魂出竅的狀態下，回覆3個字「做自己」，然後欣慰地一笑，感覺這3個字應該是靈魂出竅的那一剎那，被重新找回的「有趣的靈魂」，理應忠誠於自己。

從病起到終於發出來，的確是個折磨人的過程。這樣的折磨又豈止是病痛所必須的經歷，生活不也是一樣？遠慮和近憂，都在生活、思維等種種慣性中日積月累，直到有一天生發出了顯症、造成了結果，才能找到如抗生素一樣的藥片。而中間度日如年的痛苦煎熬，磨煉心志，增添智慧，也未嘗不好。

咖啡店即景

那一爿咖啡店，開在又一城的角落裏，每個星期天清晨，我都會早早落座，和喇沙書院的中四生在這裏度過中文補習課的時光。

8點多，店裏沒什麼客人，幾張木質方桌，乾淨整潔，上面的條形紋路透着一絲柔和、一片清新，我把課本攤開，鋪在上面，心裏莫名收穫一份踏實。靠牆的一邊，店家放了一排細長的吧枱，也是用水曲柳的木材所製，我心驚訝，一般快餐小店為了節省成本或是最大程度地利用空間，通常會敷衍地用不鏽鋼來堆砌，這小店，有心呢。吧枱下，是幾張高腳凳，被嫣紅的軟皮包裹着，透着低調的鮮明，安靜地等待着客人的到來。

我點了一杯美式，咖啡的香氣瀰漫開來，熟稔的味道，熟悉的感覺。兩個身着運動T恤的中學生，揹着網球拍，坐在了我右手邊的高腳凳上，興高采烈地討論最近的奪冠熱門；一位鶴髮童顏的長者，顯然剛剛晨練過，那頗有中華傳統文化韻味的氣功服上還掛着細碎的汗珠，他點了一杯英式紅茶，悠長的目光裏滿是慈愛；一位戴着眼鏡的父親，牽着女兒的手，點了兩杯咖啡和一些麵包，他的肩上揹着一把兒童小提琴，那小姑娘望着父親，臉上寫滿幸福；也有兩個裝扮妖嬈的中年女人攤手攤腳地坐下來，一個賣力地推銷保險業務，一個拿出計算器劈哩啪啦地算計保費和收益，普通話夾雜着四川味和山東味，令我疑心咖啡店「乾坤大挪移」般換了空間。

不一會兒，學生來了，我把一本西西的《我城》遞到他面前——那是我心儀已久的書。我們打開它，在文字的世界裏，一起感知生活的溫度、尋找明天的希望。

合唱記

大幕拉開，我的心提到了嗓子眼兒：台上，是來自 30 間學校的 75 名中小學生；台下，是 700 多名參加儀式的觀眾。這一曲合唱《我和我的祖國》，既是台上的孩子們為觀眾獻上的表演，也是這一場大型活動中獻給新中國成立 75 週年的祝福的歌聲。他們能行嗎？

要說他們是「雜牌軍」一點都不為過：兩個月前，我為一個師友計劃的啟動禮做整體設計。這個師友計劃已經開展 5 年了，每年的啟動禮內容都差不多：看視頻片、嘉賓致辭、頒發助學金⋯⋯今年能不能來點新鮮的？於是，我決定用「感恩祖國，致敬未來」作為這次活動的主題，並加入表演合唱的環節，讓 75 名學生齊唱《我和我的祖國》。我於是聯絡了 30 多間學校，每個學校各派 1-3 名學生。香港真光中學許校長特別支持，不但將自家學校禮堂拿出來作為排練地點，還力邀本校頗有經驗的音樂老師 Helen 擔任指導教師。

萬事開頭難。先要確定 8 名領唱。結果 4 名女生早早就確定了人選，但男學生就一直選不出來：不是聲線不合適，就是已經找到的人選臨時有事。幸好香島中學、聖類斯中學、漢華中學鼎力相助，終於湊齊了領唱的學生，雖然有些並沒有演出經驗，但經過兩次訓練，就已經達到了比較理想的水準。大合唱的部分就更不容易了：不同學校的學生時間表往往不一致，大家齊心協力調整補習時間、放棄很多活動，就為了把合唱練好。

「我和我的祖國，一刻也不能分割；不論我走到哪裏，都流出一首讚歌……」動人的旋律，美妙的歌聲，每一次排練，我都忍不住熱淚盈眶。而當天的表演，更是掌聲雷動。

最好的生日禮物

真的很巧，今年的農曆生日和公曆生日正好在同一週，都在星期三。我於是決定過生日週，以便很從容地安排生日飯局：正日給家人，週末給朋友，工作天給同事，教過的學生只好見縫插針，根據他們特長，藉生日飯的機會把他們介紹給朋友們，讓他們多了解一些職業選擇的門道。

不過，要說這個生日週最有意義的事，莫過於「追星」。上星期五，巴黎奧運會內地健兒代表團訪問香港，我和英華書院學生梁均溢相約去他們下榻的酒店「碰運氣」，看是不是能一睹真容。我和梁同學都喜歡國乒隊的奧運四朝元老馬龍。當晚 9 點半，當我們來到麼地道時，酒店外面早已是內 3 層外 3 層水洩不通。市民們個個伸長了脖子。我和梁同學沒有辦法，只好遠遠地找了一處花壇，站到台子上眺望。沒過多久，載着奧運健兒的巴士從伊利沙伯體育館回到了酒店，人群開始陣陣歡呼。大家大聲喊着自己喜歡的運動員名字，全紅嬋、馬龍、鄭思維……震天動地。

待警戒線撤去，奧運健兒們早已進入酒店、回了房間。我和梁同學啥也沒看到，好不甘心。忽然，我看見了隨隊採訪的中央媒體記者是多年的老朋友，便央求他帶我們找馬龍要簽名，我還特意說，這是我的生日心願。朋友拗不過我，答應幫忙一試。我便和梁同學一起在酒店門口坐等。

大概過了 1 小時，記者朋友提着一個大袋子走過來，興沖沖地告訴我，聽說了我們的特別情況和心願後，馬龍很爽快地送給我一張巴黎奧運會的首日封，並在上面簽了名。

我激動極了。那大袋子裏還有一條大大的方巾，大概是鼓勵我們也多多運動。我把所有禮物都送給了梁同學，他說：「做夢都會笑出聲來。」

如此吃雞

走到西港城路口，看到用行楷書寫的「X 城酒家」牌匾，和朋友爭論了半天，也沒弄清楚那個 X 是「鳳」還是「凰」，大概是有點古樸色的裝修吸引了我們，便決定進去解決晚飯。

門面在地上，大堂在地下，偌大的館子，食客稀稀落落地散坐着，兩隻手數得過來。剛坐下，茶還沒點，負責點菜的大姐就來推銷：「試一下我們的招牌菜，當紅炸子雞，味道好，又在搞特價，一整隻才 148 元！吃了運氣一定非常好！」我暗忖，我們兩個人，點上一整隻雞，再點個青菜就足夠了，本來還打算多嚐幾樣菜的。我問可不可以點半隻。孰料，點菜大姐告訴我們，如果只點半隻，就要 188 元。我心下驚奇：這是什麼道理？於是，就決定點一隻來看看究竟。

沒多久，這隻雞端了上來。油汪汪、黃燦燦、亮閃閃的，炸子雞果然當紅！雞頭、雞尾齊齊整整的，名菜就是不俗。我夾起雞頭，剛要送進嘴裏，惡臭味撲面而來。我連忙把雞頭拿到手裏，細細嗅了嗅，腐敗變質後的臭味讓我差點把中午吃的飯都吐出來！我叫來領班，讓他給個理由。孰料這個高高胖胖的領班見我講普通話，一臉傲慢：「我們香港人從來不吃雞頭的！」好一個「我們香港人！」我忍無可忍地用白話反問：「香港人也是不吃砒霜的，你怎麼不炒一盤端上來？」

原來，這世界上，吃雞竟然是要看地方的。外面的人來了香港，就要入鄉隨俗的不能吃雞頭，否則就要倒霉，即便沒把變質的東西吃進肚子，也會惹來一肚子氣。如此待客，又怎能讓我們的夜經濟「繽紛」起來呢？我不禁想到，每到週六日，深圳福田中心城的大小食肆遍地港人、大快朵頤。好奇：深圳吃雞，是否也如此講究呢？

簽售記

書展終於完結了。烈日炎炎，人山人海，書香四溢，聽着就是一場盛宴。於我而言，書展是我和讀者朋友們見面的「心靈之約」。

星期六午飯剛開始，紫荊雜誌社的陳犀大哥就急匆匆地打電話給我，「啥時候來？有十多個人在等你了！」我來港後的幾本散文集，都是陳大哥幫忙聯繫出版的，他對這幾本書的「市場反饋」，比我還關注——他是個熱心腸的人。今年書展還有兩個多月才開幕，他就特意為我留了攤位和時間。

我於是將簽售會的消息告訴了最要好的幾個朋友：在金融業忙碌的仲邦，不辭辛勞地為簽售會製作了海報；在嶺南大學就讀的小春，主動請纓擔任形象大使和記賬先生，週六中午早早就西裝筆挺地站在攤位前；漢華中學的嚴助校和施老師，帶着 50 多位同學集體為我打氣！

兩天的簽售會，讓我始終被讀者的熱情和真誠包圍着。很多熟悉的、陌生的面孔，在四目相對的那一刻，熟稔起來，溫暖起來。有很多聽過我主講的「少年作家班」的學生，不但來到簽售會現場，還和我交流他們的讀後感。其中有位同學的問題令我印象極深：寫作最重要的因素是什麼——主題還是結構，抑或是想像力？我告訴他，是人性。

筲箕灣官立中學的殷校長為她的家人和朋友選了好幾套書，並細心地讓我為他們簽贈言，我的感動無以復加：將朋友的文字傳遞給朋友，這是多麼深厚的真情！香島中學和中華基金中學的兩位何校長都來為我捧場，其實他們都是本專欄的忠實讀者，每週一早上，他們都會發來信息和我說說對專欄文章的感受。

謝謝你們，我親愛的朋友們。正是這些真誠的愛，讓我有了寫作的靈感和力量

拒絕飯局

並不是所有的聚餐都是飯局。能稱得上「局」，必定是訴求為先。「天下熙熙，皆為利來；天下攘攘，皆為利往」，這句古語在看破紅塵之餘，直指人性底色之中的那份功利心，用在飯局上，實在是再貼切不過。

謀局是第一步。請誰來，在哪裏，什麼時間，這三要素和寫作竟然無異。最講究的是順序。能請到什麼樣的人，最能彰顯謀局的實力，請到社會名流、達官顯貴固然不易，但最考驗情商的，莫過於能請到從心底裏排斥飯局，卻對於辦成事尤其關鍵的清高者。

在哪裏，什麼時間，自然也是先照顧飯局中最重要的人，組局的高手會在這個要素上照顧好方方面面。

開席之後，觥籌交錯，點菜、佈菜、烘托氛圍，不知不覺中把該說的事說了，該表達的心表了。

但陪局的也都是聰明人，自然知道真話有幾句、真心有幾分，只不過「看破不說破」，偶爾還要不痛不癢地隨聲附和。

飯局是個名利場，更能見到世間百態：有人張狂，句句「誨人不倦」，口若懸河、聲如洪鐘，享受眾星捧月的快感；有人謹慎，字斟句酌、小心為上，生怕一不留神被人裝到「甕」裏，成了替人辦事的憨鱉；有人靈光，夾菜、聊天，無一不恰到好處，情到濃處，還要一展歌喉助興，賓客皆歡，以至於組局之人念念不忘——這類人，往往職場上貴人較多。

對於飯局，我始終抗拒，繼而排斥。朋友之間，不用設局，隨性而約、緣至則聚，無束無拘，吃大家樂也真的會樂此不疲。一首老歌《霧裏看花》：「笑語歡顏，難道說那就是親熱？溫存未必就是體貼，你知哪句是真、哪句是假，哪一句是情絲凝結？」這世上，只有一種慧眼，那就是堅定的內心，拒絕飯局及一切與飯局相若的事物，把人生、人心和人性「看得清清楚楚、明明白白、真真切切」。

初夏的風

香港的風，是春與夏最好的分隔符。

陽光很好的上午，走在高士威道上，一邊是剛剛開門不久的雜貨店，一邊是維多利亞公園。這個時節，在沒有遮陰的人行道上，陽光撫摸脊背，暖和、溫和，久了會有一點點熱氣，但並不猛烈；倘若在轉角處或是過馬路，立在陰涼處，卻還是有那麼一點點涼爽。風就在這個時候不疾不徐地來了，那麼悠悠然，讓人感受到一份從容。這是初夏，沒有了春日的粉嫩和柔軟，沒有了東風乍起的追趕和急迫，一切那麼舒展。風中飄盪着海水的味道，淡淡的鹹、淡淡的澀，卻像是有一份踏實注入心頭，腳下滿是力量。

午後，去九龍塘。在城市大學和又一城之間的路口等紅燈。陽光濃烈的達之路車來車往。手裏提着兩包書，等得稍久一些，便開始急躁。而就在這時，風來了。那濃烈的氣氛一下子緩和了，再抬眼，連幾十米開外的大榕樹，都似向我張開了臂膀。再看看紅燈，便怎樣也生不起氣來。穿過馬路，走到香島中學，教室裏，20 名中四學生已經齊齊整整地在等我了。我在黑板上寫下這一天少年作家班的主題：春江花月夜。有位同學笑着說：「老師，現在是夏天了吧。」我連連點頭，問他是如何界定兩個季節的。他答道：「天氣開始變熱，卻也不是炎熱，而且吹的風好有力！」真是師生心有靈犀。

初夏的風，並不會整日勁吹，沒有冬天的風那般張揚無拘。它落落大方又恰到好處，真是像極了一個教養頗佳的紳士，及時地撫慰你勞碌、疲憊又焦躁的心。只可惜，香港的初夏和初秋，都是極其短暫的，恰似那初夏的風，好快就逝去，無影無蹤。然後，炎熱的盛夏開始盤踞，城市也便愈發葳蕤。

不到長城非好漢

出發的前一天，符同學與我打賭：「老師，看網上的圖片，居庸關長城特別陡，就你那老腿，一定爬不上去。到時候會不會要我揹你？」我摸了摸「半月板」偶爾罷工的膝蓋，一時間真的有點底氣不足，但依舊嘴硬：「不到長城非好漢，到了長城一定要爬上去，不能讓好漢打折！」

陽春 3 月的北京，天空湛藍，午後的陽光在天地間撒下煦暖。我們從北京大學一路向北，不到一個小時就來到了居庸關腳下。抬眼望去，這裏的「關」在崇山峻嶺中間，格外震撼：它是歷史的，早在春秋戰國時期，《呂氏春秋》就有關居庸的記載，「天下九塞，居庸其一」，足見其雄奇險要；它是滄桑的，北魏時代，居庸關建設成為長城上一座重要的關口，之後歷代均有加築修建，年復一年成為北京城的西北重鎮；它是民族的，中華大地，南來北往，不同地域的勞作從這裏穿過，在別處融合，它見證着中華大地上的遷徙和繁衍，興衰與共榮……來不及想太多，學生們已經開始分組登長城了！

青磚斑駁間，我們手腳並用；垛口歇息處，我們氣喘吁吁。好不容易來到高高的烽火台上，鳥瞰下去，美哉壯哉！山梁間的溪谷，清流縈繞，翠峰重疊，花木鬱茂，山鳥爭鳴，春日的美景讓我們豈敢辜負良辰？我帶領同學們齊聲背誦：「斷崖萬仞如削鐵，鳥飛不度苔石裂。嵯岈枯木無碧柯，六月太陽飄急雪。寒沙茫茫出關道，駱駝狂吼黃雲老。征鴻一聲起長空，風吹草低山月小！」

不到長城非好漢——我摸着隱痛的膝蓋，望着心滿意足的學生們，內心湧起的是欣慰，是感動。

逛茶館

戲台前的一張又一張方桌被挨挨擠擠的八仙椅簇擁着，在鎂光燈下迎來又一個夜晚。6點剛過，就有觀眾入席了。招呼客人的茶藝師，一身舊式打扮，黑色布帽上面挽着一個小紅髻，白布馬褂上的盤扣古風別具，只見他一邊招呼客人落座，一邊變戲法般從身後拎出一把長嘴銅壺，斜一斜身的工夫，大肚子的蓋碗裏就斟滿了水，八寶茶的香氣四溢，我不禁大聲叫好。

這是北京老舍茶館的夜晚日常，但對於香港的中學生們，顯然樣樣新鮮。我帶他們來體驗「老北京的休閒娛樂」——逛茶館。茶館不論大小，都是北京人聊天、交友、談事的好去處，即便是不認識的人，也會在茶館裏一邊喝茶一邊找到有共同愛好的朋友。

7點鐘，表演開始。京話評書、雜技、魔術、相聲，輪番登場。同學們目不轉睛，生怕錯過了半點精彩。雖然對於京韻京腔的北京土話，香港學生很難每一個字都完全聽懂，但他們還是被精湛的表演深深吸引。愛動腦筋的小梁同學忽然問：「老北京的茶館都建得這麼闊氣嗎？這些雜耍表演需要好大的空間呀！」我告訴他，這些雜耍大多數都是在戶外的。老北京看雜耍最有名的地方就是「天橋」，這是個地名，但也確實是在大片空地上。「如今，這些都成了非物質文化遺產的一部分，為了讓大家有更好的文化體驗，就搬到室內，讓大家一邊品茶、一邊觀賞。」

兩個小時的表演很快就結束了，大家還沉浸在一種「氛圍」裏不想離開。同學們都說，在香港看戲從始到終是安靜的，而「在這北方，是一直熱鬧，台上台下互動，喝彩叫好不斷」。我心欣慰，不知不覺中讓香港學生收穫中華文化的多元和豐富。

遇「兵」記

西九龍高鐵站，售票處前，排隊入口的地方距離窗口有那麼幾分距離。不知道誰出錢請的人，在這個入口處盤問：「先生，你辦理乜嘢？」聲音帶着些許粗獷。我告訴她，自己專門來打印車票。「不用打印，現在都不用車票，有證件就可以。」女人竭力隱匿不屑，但還是被我敏感地聽出了幾分嘲弄。我耐心解釋，只不過是來打印一張報銷憑證。她竟然將我攔住，大手一揮：「那邊有機器，去那邊打！」

此刻，售票處的幾個窗口都無人問津，售票員個個閒得望眼欲穿。有這個工夫，我完全可以到幾米外的窗口辦理完所需的業務，可現在，這女人偏就不放行。我有點惱火了，狠狠懟回去：「機器打不了！必須人工！」女人噗嗤一笑：「這年頭哪還有機器解決不了的問題？」自以為是的樣子徹底激怒了我。我來硬的——直接闖過去，幾步奔到窗口，將我的訴求講給售票員聽。售票員一聽就明白了，不到 1 分鐘就辦好了。原來，半個月前我通過網上的代理公司買了一張從西九龍到廣州的火車票，在內地火車站的自助機器上打印報銷憑證，刷不出來。再到西九龍站的自助機器上試，還是刷不出！眼看着報銷期限就要過了，我打電話到網上的代理公司詢問該如何處理，對方說，這種從香港出發的火車票，如果是在代理公司購買的，就必須到西九龍的人工售票窗口去打印——看看，這真的就是機器解決不了的問題！

都說「秀才遇到兵，有理說不清」。我雖然不敢自詡為秀才，但也算是靠賣字為生。我不禁想問：香港一向以服務質素著稱，怎麼西九龍高鐵站這樣的香港形象窗口，反而因為服務的人多了還降低了效率、體驗感更差了呢？倘若花的是我這個納稅人的錢，我的確是要心疼了。

春衫記

桃紅柳綠，新芽吐翠，湖水蕩漾，紅掌清波，這滿眼春色，偏遇濛濛煙雨，江南的 4 月，這如詩如畫的季節，美哉！

我徜徉在揚州的瘦西湖公園，和香港的 40 名中學生一起感受這江南之春。或許是落雨的緣故，空氣有些涼，我下意識地緊了緊衣領的拉鏈，將「倒春寒」早早擋住，心裏一陣慶幸：幸虧一早出門穿得厚實。而學生們卻是穿得「百花齊放」：有牛仔褲配白襯衫的；有紅嫩的短褲配短袖 T 恤的；還有薄薄的卡其褲配着運動衫……這麼多青春的面孔，洋溢着燦爛的笑容，在楊柳依依的堤岸邊，在櫻花盛開的亭子前。他們或是打鬧嬉戲，或是駐足沉思，或是獨處凝視，這是多麼熟悉的故事！那薄薄的春衫啊，讓我一下子想到，20 年前的自己，不也是少年不識「凍」滋味嗎？

「如今卻憶江南樂，當時年少春衫薄。騎馬倚斜橋，滿樓紅袖招。翠屏金屈曲，醉入花叢宿。此度見花枝，白頭誓不歸。」悠悠歲月，白駒過隙，曾經的年少，從韋莊的詞中跨越千年。誰人沒有過才華激盪的花季雨季？誰人沒有過斜倚春風的風流倜儻？誰人沒有過一生或許只有一次的一見鍾情？然而，當初被「滿樓紅袖招」打動的心，在經歷了人生的風雨之後，學會了體味「當時年少春衫薄」的那份感慨萬千。

春衫薄，是那樣的美好。人生的許多美好，都是在不經意間已經到來，不經意間悄然逝去，待我們猛然驚覺，那美好的時刻就如童年少時的春日，早已是萬水千山之外。可我們依然要從容自若，堅定前行，因為，那薄薄的春衫，似永不服老的倔強，始終在我們的身眼前晃動，那麼有力，那麼詩意。

停電記

夜半，有同事在朋友圈高呼「停電萬歲」，配了一張寫字樓黯淡無光的相片。那樓宇是維港岸邊特色鮮明的建築，自建成起，整夜整夜地亮着，乍一暗掉，倒是增了一份幽謐。我忙問停電的原因，同事秒回：「管它什麼原因，至少可以名正言順地不用加班下去！」我調侃道：「可能是咱們上班族實在太捲了，活生生把電都捲斷了。」

第二天一大早，部門發來消息，說是寫字樓頂的水箱爆裂，把電路淹短路了。這比我還要年長的樓宇應該是不堪重負地怠工了。部門還說，可以暫時居家辦公。可我想到手頭本來在這個上午必須提交的文件，就立刻焦躁不安。來到公司，發現連辦公室的門都進不去，因為前兩年公司為了防盜，把那捲簾門加了一個功能：自動斷電後，就會從裏面將門鎖死，誰也打不開——看來，科技的進步有時候也會帶來副作用。

看着一眾工人忙得不可開交，一層一層地用發電機維持有限度的電力供應，我也不再催促什麼。便想想這個停電的時間，我還有什麼工作是可以完成的。可悲的是，我竟然想不出！工作，原來和計算機、網絡已然密不可分，沒有了它們，就如同失去了手和腳。就在我有些沮喪時，負責整棟樓清潔的大姐經過我身邊。她斜睨了我一眼，很開心地暗示我，她今天至少可以少打掃一個房間的衛生。我忽然想到，她大概是為數不多的可以不會因這次停電而無法工作的人。

一整天電力也還是沒有恢復。朋友提醒我這幾天的月亮特別圓、特別亮，我望了望，晴朗的天空只有一個圓環的印記，像極了斷了電的樓宇，在不待人的時光中格外從容。

飛雪迎春

列車在北國大地上奔馳。我被車廂裏濃濃的年味包圍着：座位上方，火紅的中國結懸掛在行李架上，靈動喜慶；車窗上，大紅色的年畫維妙維肖——肥碩的鯉魚、憨態可掬的大頭娃娃，令人目不暇給；座椅靠背處的廣告不見了，取而代之的是不同字體的「福」字——隸書安靜祥和，楷書樂觀端莊，草書瀟灑隨性，我不禁暗暗慨歎這中國人的年，是中華文化不可或缺的一部分，處處皆風景。這是一趟從北京開往吉林的高鐵列車，除夕這天，我一路向北。

車過山海關，天色暗了下來。村莊在大片的田野中轉瞬即逝，電線杆高高低低，在視野中閃過、消失。這一刻，遼闊、廣闊、開闊，彷彿一切形容博大的詞語，在這大地的胸懷裏都那麼蒼白和渺小。我能想到的是，在這個國度裏，我們所能擁有的，是一份多麼杳遠和厚重的自信和幸福。

進入吉林省境內，雪開始落了下來。天地蒼茫，大片的雪花在視野中飛旋，像極了天地間的舞者，在人類的眼眸中上演着春日的序曲。列車疾馳，狂牛似地撞開黑暗；雪花飛舞，時間似在此時靜止。一些小站，列車匆匆而過，可雪花紛飛之中的站台，在漸去漸遠之中投射給我這個旅人以靜默的剪影，寂寥得那麼純美。

4 個多小時的旅程，車廂裏的熱鬧歡快，車廂外的雪色茫茫，那麼和諧地交織在這個除夕之夜，印刻在我寶貴的生命歷程裏。當我在長春站下車，零下 20 多度的氣溫並未讓我感到太過寒冷，因為那雪一直下，一直下，我深深地吸了一口北國的空氣，清新，冷冽，我想到了梁曉聲的《人世間》，想到了殷秀梅那《我愛你塞北的雪》，那站台上的紅燈籠，眨呀眨的，像極了孩童的眼。

冬日瘦西湖

元旦剛過，我從御碼頭登船，一覽雪後湖景。

兩岸桃柳高高低低，錯落有致，枝條上的雪花，稍稍點綴片刻，又無聲無息地消逝。那枝和幹，被滋養着，顏色深了一兩分，愈發溫潤。湖水清澈，幾隻天鵝在湖中恣意舒展。湖西岸，亭榭怡然，精巧的園林茶室，將台灣的雪山龍珠送入船中，舉杯啜飲，清香沁脾，與冬日的清冽渺然相宜；西園之側，怪石雲集，嶙峋奇妙，船上眺望，隱約可見石筍叢生，似鐘乳石倒掛之貌。

未幾，船過虹橋。初時，從拱橋洞見一輪紅日，在雪後的天氣裏格外清麗；而過橋後回望，又覺紅日、虹橋與靜若處子之湖水，猶如被雪水滋養過，為午後的瘦西湖平添書卷之氣。但見東岸葉園、徐園之間，連廊迤邐，綠意盎然，有書屋、棋室隱約其中，我立於船頭，暗忖文人騷客於此湖之中，憑水吟唱，或遙望故土，或借物詠志，大概因這湖水以及草木飛簷，汲取了天地靈氣、四季芳華。而冬日的清冷和沉澱，孕育和再生，定是不可或缺的。

過了五亭橋，白塔便近在眼前。塔身，潔白如玉，高聳入雲，與周圍的綠樹碧水，相映成趣。暮色之中，薄霧輕紗般繚繞於塔身，恍若仙境降臨，引人遐想。下得船來，我登上五亭橋，其實，它的正名應為「蓮花橋」，卻因橋上五座亭子渾然天成而成了揚州的標誌。上世紀八十年代，《紅樓夢》《西遊記》均取景於此。

下得船來，華燈初上，湖、橋、塔靜默不語，相映成趣，令冬日瘦西湖格外溫潤大氣。

寫作的意義

我一邊在黑板上寫下作文題目《鉛筆》，一邊說「不限題材，不限體裁，500 字以上就好。但要先在 15 分鐘內口頭匯報寫作大綱」。學生們不禁張大了嘴巴：「這也太容易了吧！」「好鍾意這樣沒什麼拘束的作文喔。」這班花季少年的臉上甚至有那麼一點點興奮，各個迫不及待地放飛自己的想像。

剛剛讀中二的小朱搶先發言，他打算寫一個親情故事：「小時候，爸爸不顧每日工作之後的疲憊，總會在睡覺前為我削好鉛筆。有一段時間，很眼紅其他同學開始用高檔的自動鉛筆，看着自己手裏那種最傳統的黃色外衣、頂端有半圓橡皮的鉛筆，總覺得矮人一頭，甚至心裏暗暗怨恨家裏生活太過節儉。後來漸漸長大，愈來愈懂得生活的不易。直到現在也依然覺得父親削好的鉛筆才最讓我安心。」大家給小朱報以熱烈的掌聲。我在肯定小朱寫作思路的同時，眼角竟然有點濕。

中四生小泓則打算寫一篇鉛筆的自述：「一支鉛筆，從原料的開採，到最後一點一點地製作出來，石墨、樹木、橡膠、銅絲，那麼多精湛的工藝和無差別的勞動，凝結在看似不起眼的鉛筆身上，所以，每一支鉛筆，都有它的前世今生，也都是獨一無二的故事。」小泓的話啟發了我對鉛筆的認知。弟子不必不如師，這句古話真對。我還真沒細想過可以從這樣的角度來寫一支如此普通的鉛筆。我鼓勵小泓把鉛筆的故事寫得豐滿和深刻。

而選修經濟科的小哲則饒有興趣地從價格和價值的角度，分析一支鉛筆從生產到銷售的市場規律。他旁徵博引地試圖以鉛筆為例，說明市場經濟作用下，必須全世界的產業鏈協同才能同時實現鉛筆的市場價值和社會價值。我不經暗暗震驚：誰說中文科的教與學不需要跨學科的融合？這十幾歲的孩子在短短十幾分鐘的思考中，不就是更深層次的「學以致用」嗎？

那天的課堂格外熱烈，也給了我格外深刻的啟示。寫作的意義究竟是什麼？在我看來，寫作絕不是技藝的炫耀，也不是某種身份的證明，寫作應該是一個人思維的湧動和開拓，是一個人敢於腦洞大開地表達自己的思考。其意義，正在於可以殊途同歸地引領人擁有更加豐富的世界。

衢山島行記

從沈家灣登上快艇，衢山島就切近多了，那是一種幸福又幸運的感覺。因為，每年入秋之後，前往衢山島，就只能碰運氣——只要海面上的風力超過七級，每天三班的快艇就會停航。而且，幾乎每一個上島的遊客都必須要密切關注後面幾天的天氣預測，生怕上島容易下島難——季風從日本海一路南下，在東海海面肆無忌憚，很多時候捉摸不定，常常是一夜之間便殺到眼前。

40 分鐘後，上岸，夕陽正好。淡淡的晚霞在深秋的風裏，散落在杳遠的碧空，一點點滄桑，一點點憂傷。岸邊漁船寥寥，村落裏飄盪着炊煙的味道，那是略有些濕潤的木柴混合了海的腥氣所特有的。幾隻土狗在尋找歸家的路，見我這個陌生的面孔，斜斜地睨了我一眼，便走開了。懷舊的氣息就這樣在暮色裏氤氳，淡淡的，並不濃烈。

我喜愛這深秋的小島，這季節變換時的大海。夏日的海島千篇一律，幽靜的海面，嬉戲的鷗鳥，滿眼的綠色與深藍交映，一派葳蕤旺盛的景象；春日的海島，千篇一律地蓬勃着，欣欣向榮如同少年的臉，放在哪裏這樣的形容詞都似乎合適，很難說出有什麼特別；而冬日呢，萬物在隱藏蹤跡，大海在積蓄力量，偶遇大雪，萬籟俱寂，到底寂寞悲涼了些。只有秋，可以把那輕輕淡淡的喜悅與哀婉、幸福與悲傷、希冀與蒼涼，都無聲地表達出來，不那麼濃烈，也絕不張揚，彷彿人生到了一個通透豁達的階段，在淡然中隨遇而安，在落寞中更懂得珍惜獨處。

衢山島，是浙江省舟山市的一個小島。它一年到頭默默無聞，卻被我不經意地捕捉了它獨特的秋色。從香港到這裏實在不易，一天之內，要海陸空行遍，才能到達：早上從香港出發，飛到上海，然後坐汽車，兩個小時到舟山市嵊泗群島的沈家灣碼頭，搭輪渡才能達到。

威海之秋

這是我第一次來到這北國的海濱小城，在秋日午後的陽光裏，在清冽香甜的秋風裏。從高鐵站一出來，寬闊的街道，一邊是舒朗的房屋，一邊是無垠深邃的大海。威海，這座海岸線長達近 1,000 公里的城市，松林成片，鷗鳥翔集宛若質樸的明珠，鑲嵌在中國山東半島的東部，日夜聆聽渤海和黃海的鼓浪之聲。

小城的秋在那樹木的歌聲裏。高大的蒙古櫟，一到秋天，那猩紅的葉片就掛滿枝頭，風拂過，沙沙地低吟，像極了女中音的獨唱；溫柔的朝鮮槐，在這個季節，格外慵懶起來，遲遲不肯脫去綠色的外衣，即便重陽已過，那黃色的葉片依然屈指可數，風雨打在上面，綠色和黃色的葉片交替着發出不卑不亢的聲響，猶似經歷生活洗禮的中年男子，偶爾疲憊時沉悶的嘶吼；而刺楸，那短小堅硬的葉片，黃澄澄地炫耀着，它用一種歡快的方式迎接秋天，沙沙沙沙，迎風搖曳、節奏短促。這小城的秋啊，繽紛的色彩讓人目不暇給，又滿溢着別致的天籟之音，令我心醉神迷。

小城的秋在那大海的懷抱裏。棘頭梅童魚，只有秋天才能在淺海的地方肉眼可見，這是威海獨有的物種，忽閃着大眼睛靜靜地曬太陽，不時與在海濱遊玩的孩童對視，像是藏在大海裏孩子一樣頑皮；石花菜、大葉草、條斑紫菜，也都在秋天湊趣，它們像是相約的老友，把秋日的海岸線裝扮得五顏六色，深深淺淺之間，它們隨波浪扭動身軀，豐富着海的顏色，平添空靈的美感。中國對蝦也是這個季節威海的常客，牠們飽滿豐盈的身材，略帶甘甜的味道，是小城人最鍾情的待客之禮。

徜徉於威海的秋天，我心神安寧。那海，那風，那樹，帶着希望與博大，輕靈與溫柔，那麼甜蜜地接近我，讓我再不想離開。

國慶佳節「瞰」香江

10 月的第一天，我和幾名同事，組織來自 9 間香港中學的 21 名學生，開展了一場「瞰」香江主題活動。

下午 2 點，我們在中環集合，沿花園道向山頂進發。沿途，有着一百七十年歷史的聖約翰教堂，讓同學們近距離觀察了香港目前僅存的具有塔樓的哥特式建築；梅夫人紀念堂則讓同學們了解了戰亂年代香港社會不曾被硝煙磨滅的濟世救人的人文精神；在聖保羅男女中學門前，我看到同學們眼神中流淌着掩飾不住的羡慕。

從纜車徑轉至舊山頂道，坡度漸陡。男同學有說有笑，女同學有些體力不支，但都咬牙堅持。我和同事們與孩子們一路陪伴，交流之中天南海北，氣氛融洽：選修理科的孩子們請教「數學的美」；選讀經濟的同學請教如何看待「香港政府推行的夜繽紛」；喜愛中文的中四生問我「蘇軾的詩與詞哪個更好」；喜愛書法的女生則纏着曾做過大學教師的同事討教「正楷和行楷的區別」。我很欣慰。鍛煉體魄，增長精神，豐富知識，增進感情，這樣的活動讓國慶佳節更添付出的芬芳。

到了山頂，我們引導同學們鳥瞰維港兩岸景觀，細心觀察、積累寫作素材；帶他們打卡網紅奶茶店，因勢利導讓他們用所學的知識分析「假日旅遊經濟」的特點。看得出，他們很用心，各學校的學生之間既注重交流，也暗暗較勁——青春年少的爭強好勝與不服輸，代代相似，令人感慨。

下得山來，我們又來到香港中央圖書館，一同參觀「宋慶齡生平展」。一幀幀珍貴的圖片，一段段還原歷史原貌的影音，展現着宋慶齡女士的愛國情懷。大家被深深打動。入夜，我們來到紅磡體育館，一同觀看「國慶 74 週年文藝晚會」。《我愛你，中國》等歌曲，令學生們潛移默化地受到熏陶。不少同學說，這是第一次近距離欣賞音樂會呢，大開眼界。

校慶日

那是 6 月份的一天，我到訪秀茂坪的一間小學，參加他們的校慶日活動。那小學的校慶日很有特色，並沒有刻板地將慶祝活動放在一天的時間裏，也沒有邀請各界名人去講話和捧場。他們將校慶日所在的那一週，都作為孩子們可以表達對學校情感的日子。一進校園，我就看到了熱鬧的集市般的佈置：操場東邊的空地上，專門留出了塗鴉的位置，不同年級的小朋友，一邊在地面上作畫，一邊互相交流，友愛的氛圍其樂融融；操場西邊的空地，則被佈置成禮物交換的空間，學生們在老師的指導下，像是打開一個個有趣的「盲盒」，欣賞舊生們為校慶送來的各種小禮物。負責接待我的老師笑得欣慰又燦然，她告訴我：「今年的校慶日，主題是發展與關愛。題目本身很平實，但我們想方設法要讓孩子們真正地感受到校慶日是與他們有着極大的關聯的，他們要在學校的發展中，感受到愛，也要在自身的發展中，懂得以校為榮，培養他們的集體榮譽感。」

我心下感動。不僅僅因為操場上孩子們不時傳來的陣陣歡快的笑聲，也不僅僅因為我被這爛漫的童真包圍、被學校這番良苦的用心和深厚的策劃功力所震撼，而是我概歎於這間學校辦學氛圍的親和學校負責人的有心。我之所以會接到邀請來參觀校慶日，並不是因為我是社會名流，僅僅是我曾在一個講座的場合，聽眾中間有這個學校的教師，我便無心地送了這間學校一套自己的散文集。而這間學校的負責人看過散文集後，覺得很適合中文科的教師閱讀，然後把一些寫作的技巧再「講給學生聽」。

學校邀我和一些喜歡寫作的同學午餐。剛剛坐下，校長就急匆匆地趕來。孩子們雀躍起來，開心地問校長會不會一起用餐。那種發自內心的童趣，絕不是因為有我這個客人在而生硬地被教出來的。校長和我說，孩子們開心，就是她最大的幸福。校長還邀請我以後有機會到學校為孩子們做中文講座。

臨別，校長和孩子們送我到學校正門，目送了我很遠。幾個月過去，我仍然能感受到這間學校的溫度。於是，便打電話過去，想再找機會拜訪。孰料，上次接待我的老師告訴我，之前的校長因為罹患病症，已經離開，「其實，上次你來的時候，她已經知道自己的狀況，但還是兢兢業業地站好最後一班崗……」我的眼前，閃現着一張張孩子的笑臉，以及他們對學校的依戀，對校長的依戀，不知不覺，視線模糊了起來……

一張收據

付了錢，索要收款憑證，這本是天經地義，卻不成想驚動了立法會議員。那日一早去加班，刷了八達通一路小跑上船，半個小時後就坐在中環辦公室裏開工。老闆貼心叮囑：「今日為公，搭車來公司的票據可以報銷。」我自是感動，但這還真難住了我。平日返工，從馬灣島出來，要麼搭社區巴士換乘港鐵，要麼搭輪渡，都沒見給過票據。這能有嗎？

晚上 10 點多，拖着疲憊的身子來到碼頭，一名 50 多歲的大叔在值班。聽我打算要收據，他噗嗤一樂，十分乾脆：「沒有。」我一定是被當成了怪物——這個電子化盛行的年代，誰還巴巴地非要紙質版的收據呢？我不開心：「我付了錢給你們，你們不應該給我憑證嗎？」「喏，你可以下載一個八達通的 App，然後自己找到紀錄，自己去打印。」大叔拿出手機演示給我看。

這算是解決方案？我腦子轉了一下，當即說出其中的不妥：「打印這個紀錄，只能證明我有過這一筆消費，而無法證明我使用的是你這個公司提供的服務。況且，你們怎麼可以嫌麻煩、簡單粗暴地把責任推給消費者呢？作為這麼大一個客運公司，你們就是這樣『店大欺客』嗎？」說歸說，問題還是沒解決。我一看錶，已經接近 11 點了。我抱着試試看的心情聯絡負責荃灣區事務的立法會議員。真沒想到，10 分鐘後，我就接到了陳穎欣議員的來電。她耐心地詢問了事情的過程，答應幫我和客運公司協調。「要不，算了吧，就 30 多塊錢的事。」那一刻，我竟有些不忍——週六，半夜，我和這位議員並不熟悉。「民生無小事。我來跟。」陳議員的話斬釘截鐵。

過了兩天，客運公司派專人聯絡我解決了問題，並承諾要改進服務。我感受到：民生無小事，從管治的角度來看，顯然並不是僅僅掛在嘴邊的口號，而是實實在在為民服務。我和陳議員之前並不相識，但因為這件小事，卻成了朋友。前幾天，陳議員還頂着烈日專門同我碰面、就這件小事進行了回訪，並誠懇地請我日後發現民生問題隨時反映。我不禁想：倘若每一個議員，都能始終堅持民生無小事的精神和心態，久久為功，這個社會，還有什麼搞不好？

回延安

那一夜，滿目的紅色，耀眼又深沉。下了夜班車，延安城尚未睡去，安靜，大氣，這陝北高原上，一條名為「紅街」閃耀於此，燈盞璀璨，兩邊的建築群，沿山勢高低起伏，一路行去，那激情四射的紅色年代從我的心中一幕幕閃現：從會師廣場走向最後的勝利廣場，中共中央在延安的 13 年擲地有聲；會師樓、新華書店、西北旅社、大眾戲樓，這些延安革命時期的標誌性建築，在夜色中活靈活現；延湖邊，長征主題步道，瑞金出征、遵義會議、飛奪瀘定橋、過雪山、大會師等革命場景一一再現……4 個革命主題街區，巧妙地將黨中央在延安的革命歷程進行了線性排佈，每一個廣場、每一段街區都是承載着一段歷史記憶。穿行於歷史，在其中汲取成長的養分和青春的激情，正是延安這片土地的魅力所在。

「心口呀！莫要這麼厲害地跳，灰塵呀！莫把我眼睛擋住了。手抓黃土我不放，緊緊兒貼在心窩上。幾回夢裏回延安，雙手摟定寶塔山。千聲萬聲呼喚你——母親延安就在這裏……」這首採用「信天游」民歌式寫成的澎湃詩篇《回延安》，是詩人賀敬之以赤子之心對養育一代革命者的延安精神的熱情謳歌。此時此刻，我在陝北的夜風中輕輕地吟誦，感受那近一個世紀以來從未改變的詩心脈搏，以及對「母親」延安的那份不泯真情。赤子情、赤子心，應該正是延安之於中國，延安精神之於中國的過去、現在和將來。

第二日一早，我來到棗園。那些棗林，紅了又綠，綠了又紅，歲歲年年，沙沙作響的枝葉，與風兒為伴，將那艱苦奮鬥、自強不息的歷史，講給一代又一代中國人聽：1944 年至 1947 年 3 月，中共中央書記處由楊家嶺遷駐此地。中共中央書記處在此期間，領導中國共產黨開展了整風運動和解放區軍民開展的大生產運動，籌備了中國共產黨「七大」，領導全國軍民取得了抗日戰爭的最後勝利。

與我同行的培僑中學 Joe 仔，難抑心中的激動，在棗園窯洞前，他仔仔細細地看着，「從弱到強，有堅定的信念，才能實現理想。革命如是，學習亦如是！」聽罷，我頗欣慰。回延安，我們尋找的正是「再出發」的力量。

「內捲」記

不知道從什麼時候開始，「捲」這個多音字，開始流行起來。「實在是太捲了！」話語中間，往往帶着幾分嘲諷和無奈。起初，我一直無法理解，「內捲」究竟為何意。直到前兩天，我和一名非常優秀的內地生交流，談到內捲，她嗤嗤地笑出聲來：「老師，你在讀小學和中學的時候，是不是作業不多、課外輔導也不多，一路下來都特別開心。而且，最重要的是，你和你的同齡人都這樣，誰都不會攀比多做了多少練習題、多上了多少輔導班？」我一聽，連忙點頭，太對了！那個時候，真是幸福極了，大家在拚學習能力、拚單位時間效率，不會去拚「額外」的耗時。「可現在，我們起早貪晚，要互相比，誰比誰起得更早，誰比誰睡得更晚，誰上的課外輔導多。比到最後，就發現，其實大家又到了差不多的起跑線，對於競爭來說，並沒有多大的本質改變。」我似乎懂了一些。

我不禁想起一個比喻：電影院裏，大家都舒服地坐在靠背椅上看電影，然後有人覺得站起來看更清楚，於是就站了起來看得津津有味。其他人觀望了一陣，發現並沒有人阻止這個行為，諗住如果自己不站起來，或許就吃了虧，便也都站了起來。站久了，大家都覺得很累，但沒人敢也不願意再坐下舒舒服服地看電影了，因為周圍的人都站起來的時候，你坐着，其實根本就看不見了。都坐着，同都站着，其實大家都在同一個高度，犧牲的卻是觀影的舒適感。

其實內捲的又何止是學生？老師也在捲，只不過成年的這種捲，更多的是職場的機心。我有一位同僚，下午 4 點前，是絕不會認真處理事情的，過得斯文悠閒。4 點一過，很多人都下班離開，她便開始忙碌起來，每每校長、校監經過，看到她下班後的時間裏仍然奮戰不休，自然是滿意，時不時就會高調表揚。她便如得到了職業發展的秘訣，愈發地在下班後的時間勤奮。有新畢業的年輕老師也如此效法，校長的表揚也開始變得不那麼稀罕。但風氣卻已然被帶動起來，我看他們每到晚飯後還在教研組奮鬥的樣子，就禁不住搖頭：為工作投入更多的時間、付出更多的精力，本來是一件快樂又欣慰的事情，卻因「為了加班而加班」的刻意內捲，而變得如此功利又無奈，值得嗎？

說到底，內捲這回事，在任何年代，都似乎難以完全杜絕，也沒必要太憂慮。用人生的智慧和個人能力去好好地做自己，忠實於自己的內心，比什麼都重要。

灣區升明月

與其說這是一場視覺和聽覺的盛宴，不如說這是一次激盪人心的懷舊之旅、繼往開來的啟程之旅。從來沒有想過，會在同一台晚會裏，現場聆聽如此多的明星演唱那麼富有年代感的歌曲：從孩提時代流行於大江南北的《萬里長城永不倒》《上海灘》《風的季節》《明月千里共相思》，再到中學時代勵志青春的《我是一隻小小鳥》《紅日》，我最大的感受就是，可愛的香港、溫潤的香港、人文暖意盎然的香港，終於走出疫情的陰霾，用一種更加富有內涵、更加具有進取意志的方式，迎接又一個回歸祖國紀念日的到來。這台晚會，恰逢其時，點燃了幾代香港人的青春熱情，提振了漫漫香江的城市士氣。

看着徐小鳳、趙雅芝、溫拿樂隊這些幾代香港人心中的明星偶像傾情獻唱；看着成龍、劉德華在鼓樂聲中依然活力不減；看着來自中國內地、台灣、澳門的影視人激情四射，我在想：為什麼這麼多明星願意同時出席這樣一台晚會？這背後，應該是國家對香港的關心、關注和關愛，應該是香港在舉世矚目的發展進程中，牽動着各界的心，讓人們放不下對香港的愛與牽掛。每個人心中都有自己的香港，在《灣區升明月》的一首又一首曲目中，大家都能找到自己熟悉的、喜愛的那個香港味道。繁華熱鬧的東方之珠，依然光輝燦爛，星光熠熠。

我尤其感動的是，雖然名稱是電影音樂晚會，但晚會並沒有停留於電影和音樂，而是在表達大灣區文化底蘊和特色的同時，更帶出科技創新，帶出走向世界，從而提升了整台晚會的品位。香港故宮文化博物館館長吳志華也參加了圓桌互動。在香港故宮館開幕一週年之際，已有 120 萬觀眾打卡香港故宮館。我的學生從網上看到直播至此，興奮地發來信息：「老師，吳志華館長曾為我們的參觀做過親身講解！」我不禁想起去年秋天，我帶學生去香港故宮館參觀時，偶遇吳志華教授，他耐心地與素不相識的中學生互動，舉手投足間，大家風範盡顯。

球場味道

去公主道的機會並不多，記得那是一條車流洶湧、車比人更容易受優待的路。公主道上的幾間學校，校門外生長着茂盛的鳳凰木，每每經過，我對朋友說，這地方雖喧囂，但這幾間學校卻添了幾分書卷氣的味道。家住附近屋邨的朋友顯然比我更了解，哈哈大笑：「學校沒啥味道，倒是它們的球場，才是好味道呢！」

球場不是食肆，竟也有好味道？更何況朋友所言的球場，被學校養在深閨之中，使勁嗅，也只有令人生厭的汽油味。朋友的笑意味深長：「學校的球場，是校長們的心頭寶貝，要賣錢呢。」也難怪，這個位置距離旺角與何文田都近在咫尺，若在教學之餘、敞開放租給團體或是社區居民，單是租金應該就盆滿缽滿。「教書育人的地方，不至於那麼庸俗吧。學校至少可以給附近社區一些方便，這與人為善所帶來的社會效應，又豈止是租金可以買到的？」說這話時，我想到自己服務的漢華中學，經常把各類場地，甚至大禮堂借給慈善團體使用，從不收費，很多市民因為這份「暖心」的口碑樂意把孩子送來讀書。

也真巧，去年秋天，我無意中到訪了那好味道的球場，舉止嬌柔的男校長聲細纖纖地介紹着自己的寶貝，不外乎就是禮堂、球場。在場的外部嘉賓很期待聽學校介紹學生發展特色和辦學實力，卻不想，那校長猶如金山寺的千年老僧，手舞足蹈賣力地「化緣」：球場啊，要加大投入翻修……我忽然想起了朋友的話，下意識地嗅了嗅，不知怎地，一股銅臭的味道混雜着公主道飄入牆內的濃塵與尾氣，教我隱隱作嘔。

前幾天，和某慈善基金會的朋友晚餐，席間竟然也聊起這個「球場好味道」。她知我在學校做事，便問「學校的球場要如何使用、修到怎樣的程度才算好？」我給她講了漢華中學的做法。「這才對嘛，一間學校，只有『德』字為先，而不是『利』字當頭，對市民和社會有服務精神，才能讓人放心地把善心和資源投入給它。」朋友說，她和那個舉止嬌柔的校長也見過一次，在一個朋友的「朋友飯局」上，「第一次見面，話還沒說幾句，那人就遞來一份球場改造計劃，攤開大手板就要幾百萬……那神情，自以為是到讓人以為他是債主呢！」我哈哈大笑地講了「味道」往事，朋友恨恨地補了一句：「什麼味道，就是猥瑣！」

都說有什麼樣的家長，就有什麼樣的孩子；對於一間學校而言，有什麼樣的校長，就有什麼樣的校風。倘若一個校長，整日裏唯利是圖、金錢至上，那對於學生價值觀的形成該是怎樣的影響？如此的「球場味道」，真不敢細想。

祈年殿前

早春的午後，我和學生們穿過天壇南門，沿中軸線往北，過圜丘、皇穹宇、丹陛橋，祈年殿就近在眼前了。那 3 層重簷的攢尖寶頂、3 層漢白玉石壇，像是通天的階梯，在時光的裊裊煙霧中，將恢弘威嚴的氣息傳遞過來。

「奉天承運，皇帝詔曰……」一向調皮的葉同學拖長了聲音，模仿起古裝劇場景。其他同學按照出發前在網絡上找到的祭天禮儀視頻，現場對比起來：有的在簷柱前認真觀察龍鳳彩畫，興奮地說：「祭天時的站位圖，原來這些圖案大有關係，龍鳳呈祥！」有的則認真地數藻井周圍童柱的數目，在本子上默默地記下「28 根大柱，8 根童柱」。有的則故意考問葉同學：「你說的奉天承運，究竟是什麼『天』、什麼『運』？」葉同學朗聲答道：「天是有權威的天，運是國家強盛的國運。」我忍不住為葉同學雖不十分精準但四両撥千斤的回答伸出大拇指。

祈年殿在建築空間上立體的圓形美表現周而復始、循環往復的時空觀，處在農耕文明時代的古人對「天」的精神崇拜可見一斑。在古人看來，這雄偉的宮殿就是天與人共通的神聖載體，古老的祭天儀式為求一年的五穀豐登，風調雨順，國泰民安，祈求在這恆久的時空裏保佑人們能夠生生不息，這正是「天人合一」精神的真實寫照。我對學生們的研學精神感到欣慰：文化研學，既要看，也要學，還要有點「研究」的精神才好。

臨行前，我們合影留念。回望祈年殿頂的龍鳳藻井，藻井外形隨祈年殿的平面形狀逐層收縮，疊落起來形成穹窿。正中金色龍鳳雕飾，高高突起的龍頭和鳳首，栩栩如生的龍身和鳳羽，襯托出天宇的崇高偉大，令人再次歎服中國傳統文化的精深博大。

阿 Sir，你好！

早就聽說位於半山甘道上的警隊博物館進行了重建活化。有哪些新的展品面世？又是如何讓警隊的文化更加「活靈活現」地進入視野、走到市民的心中？帶着這些疑問，週末，我和培僑中學、中華基督教會桂華山中學、漢華中學的同學們去一探究竟。

「哇，這麼多大屏幕！」一踏入展廳，小聰同學便驚訝地叫出來。之前講述香港警隊發展歷程的圖文畫框，被幾塊巨大的 LED 屏代替。每一段歷程，都用視頻和歷史原音予以展現。參觀者可以用遙控按鈕點擊每一塊大屏幕中的小視頻，選擇某一個小專題進行詳細了解。「我之前來過，看那麼多文字很累，那些展品，也過於安靜，以至於時間稍微久一些，就會感到乏味。現在真的生動多了。」對警車着迷的小文，一邊在 VR 前體驗開警車的「威風凜凜」，一邊說出自己的感受。

「呀，原來警察是這樣工作的。」在專題展覽廳，有一個區域專門介紹警隊的日常工作。一個戴着蝴蝶結的小女孩，與虛擬的警員對話。「阿 Sir，你好呀。」小女孩清脆的童音，讓周圍的市民忍俊不禁。「有咩可以幫到你？」虛擬警員發出了渾厚的男中音。「可以和你影張相嗎？」「好！」這一問一答間，小女孩天真無邪的笑容讓展廳明亮無比。

活化後的警隊博物館把戶內戶外展區連接起來，增加了樓梯繪畫和街頭壁畫等時尚元素，並增設了一些可供拍照的「打卡」位。學生們開心極了。三合會展覽廳，還原了以往三合會入會時使用的祭壇，讓人一窺導人迷信和營造恐懼的儀式。「害人不淺！」小林同學的總結字字有力。而嚴重案件展廳精選了香港歷年發生的「當代奇案」，以短片讓大家重溫一幕幕震懾人心的場面，了解刑偵人員如何鍥而不捨地偵破各宗奇案。同學們紛紛伸出大拇指為香港警察點讚。臨行前，我們在警隊博物館門前合影，大家齊喊：「阿 Sir，你好！」表達內心的敬意。

燕園春色

去燕園，在一個春雨迷蒙的清晨，校園裏滿溢泥土的清新香氣。20 名香港中學生目光裏的探尋，新鮮如這空氣，如這青春。

我們首先來到靜園。中央的草坪，泛着可人的嫩綠。草坪兩側是六處三合院落，精巧玲瓏，幽靜典雅，如同繡樓，錯落有致，給人以「庭院深深」之感。每棟小樓古色古香，灰頂紅色小門的木質結構，由灰色石砌虎皮矮牆聯成一體。漢華中學的莫同學在一處門前若有所思，她告訴我，這樣的草坪世界上很多大學或許都有，但這裏卻有不同的韻味，「你看，這些院落，門窗上的木雕，還有院落前的紫藤蘿花架，中國文人雅士的那種味道，是其他國家一定沒有的」。「你喜歡嗎？」我問。「當然！不止是喜歡，更有一種自豪。」莫同學爽朗地笑了。

從靜園向北百米，就是未名湖。楊柳依依，湖波蕩漾，鴛鴦戲水，春風拂面，詩意盎然。湖西南有一座玲瓏的六角鐘亭，亭內懸掛着一口鐫有龍、海濤和八卦圖案的銅鐘，亭外則有古木蒼虬與之相依，叢林翠枝與之相擁，它們和諧相伴，為燕園平添一份古樸厚重。湖東南，一密簷寶塔倒映在碧波之中，外形似燃燈古塔，用遼代密簷磚建成。塔共 13 級，高達 37 米，除塔基座以外，全部用鋼筋水泥建成。因為此塔由當時燕京大學哲學系教授博晨光叔父捐資興建，所以命名「博雅塔」。

我和學生們在湖畔的長椅上靜靜地坐，靜靜地想，嚴復、蔡元培、李大釗、陳獨秀，一個又一個名字，在我的腦海中浮現。他們跟隨「愛國、進步、民主、科學」的傳統和「勤奮、嚴謹、求實、創新」的學風，從紅樓一直到未名湖足足跋涉了一個多世紀；他們曾經出入的樓閣、曾經坐過的湖邊、曾經乘涼的古樹，還有曾經的歲月、曾經的滄桑、曾有的精神和曾有的激情，正是這園中最大的魅力，一種深厚博大的人文底蘊，鑄就了永不磨滅的春色和從不曾離去的春天。

看着學生們探尋的目光，我明白，這跋涉、這春色，一定會生生不息。

遊學記

復活節假期，我帶學生們搭高鐵到北京，展開了一場「文化研學」之旅。登長城、遊故宮、看天壇、觀升旗，這些平日裏極度懶床的十六七歲的少年，即便是凌晨 4 點多，窗外春寒料峭，仍然可以一骨碌爬起來。在聊天群組裏，他們說得最多的，就是要「把握機會，珍惜時間」。我很欣慰：不論是特區政府組織的「百萬青年看祖國」，還是社會各界共同為香港學生籌辦，讓他們有機會到內地親身體驗，對學生來說，都極具吸引力。

疫情 3 年，遠行遊學幾乎為零，他們內心深處對遠行的期盼、渴望與憧憬，自然十分強烈。一場遊學，讓他們更加懂事，為成長增添養分，為理想埋下種子。

20 名同學顯然頗有收穫。在天安門廣場，他們看着五星紅旗冉冉升起，濕了眼眶，洶湧澎湃的愛國情溢於言表，我想，這樣的現場體驗，一定勝過千百次的課堂教誨；在北京大學，他們在未名湖畔、博雅塔下，與之前幾年畢業於同一間中學、如今北大在讀的師兄師姐暢談，眼神中分明閃耀着理想的光芒，我想，這樣的生動激發，一定比無數次「你要勤奮再勤奮，考個好大學」來得更猛烈、更入心；在天壇，他們分組研究「天人合一」在「祭天」活動的應用，那些原本在中國歷史課本中令他們頭痛不已的大段文字，一下子變得生動有趣，他們不但找到了答案、強化了知識記憶，更在回音壁等古代科技應用面前，發出了「我們的祖先了不起」這樣由衷的讚歎。

除了雄偉的建築、著名的文化遺產，我還特意帶學生們體驗了兩樣事：一是北京地鐵，一是北京早餐。北京地鐵，27 條線路，807 千米，475 座車站，當之無愧的世界第一。同學們看着那密密匝匝的線路圖，脫口而出「北京地鐵真大啊！」我讓他們認真觀察、比較地鐵服務與港鐵的不同，學生們很認真地逐條記錄整理，然後研究這些大到佈局、小到車廂座椅設計的不同背後，是北京作為首都承載的功能和定位不同。他們也在早晚高峰時，看到了真正的「大」與「多」，於是對於很多管理特點有了更好的理解。

北京早餐，讓孩子們感受到地道的北京風情、北方風味。炸焦圈、豆腐腦、爆肚、艾窩窩、豌豆黃……他們都津津有味地一一品嚐。特別是豆汁，讓他們印象深刻。第一次喝豆汁兒，那猶如泔水般的氣味使人難以下嚥，捏着鼻子喝兩次，感受就不同一般了。有幾個同學，喝了兩次，竟能上癮，滿處尋覓，排隊也非喝不可。焦圈兒，又叫「小油鬼」，圈小如鐲，炸得焦脆酥香。學生們不但吃得香甜，更找來典故作為研學成果：從前北京粥舖的早點，講究吃馬蹄燒餅夾焦圈兒、喝甜漿粥。喝豆汁兒時一般配食焦圈兒。這焦圈是從清宮御膳房傳出來的食品。我這個做老師的，也跟着學習了很多呢。

面相

相貌這件事，可以評估，但無法計算。最常聽見的是「呀，這人一看就是有福之人！」「喲，這長相一看就是好命！」倘若這是真客套，聽的人感到開心，說的人也盡到了禮數，然後就開始聊點正事；但也一定會有人認真，把「真客套」不知不覺地轉化為「真專業」：「你還會看面相呢，趕快說說！」以我的人生經驗，大部分的人是真客套，並不是真專業，繼續這個話題難免會成為尬聊。但也有人好勝，會煞有介事地即興點評一番：「你看這孩子天庭飽滿，眉清目秀，鼻樑高挺，耳垂肥大，真是富貴！」「白白嫩嫩的，面若中秋月，色像春曉花，鬢若刀裁，眉如墨畫，目含秋波，南人北相……」這些詞能一股腦地用在一個人身上，那這個人不是周潤發就是梁朝偉。世事的詭異和巧妙也恰在此：說的人鄭重，聽的人開心，雖然大家都知道這一定不是真話，但都心甘情願地相信「這點真」。

真正的相面，要有特定的場合、特定的機緣，遇到真正的大師抑或高手點撥幾句，可能終身受用。我還在襁褓中時，父母的親友來看我，都覺得我面黃肌瘦，頭髮也稀稀拉拉的，單從面相上說，就不討喜，況且還經常生病。父母卻不以為意，只盼着我能平安長大。逐漸地長大成人，論起五官樣貌，幾乎父母相貌的優點都沒有在我身上體現出來，但我繼承了他們的性情，比如愛讀書和習字，比如對一些樂器的天分。這時一些親友在春節碰面時表達客套，又會換成：「哎呀，我那時就說嘛，這孩子面相好，長大一定行。果然不錯！」於是，我愈發相信，並不是所有的「看面相」都可以稱之為「相面」，大多數人都是看看而已。真正會相面的，是養育自己的人，不論是父母，還是老師。

相由心生，先天的基因固然無法改變，但我們可以改變的是氣質和內心。家庭的言傳身教，師者的諄諄教誨，就如同春夜的雨，潤物無聲，滋養精神，淨化心靈，讓內心豐富，讓品行高尚。所以，一個人的面相，不論是天庭飽滿還是鼠目鷹鼻，都不用得意或是擔心，先問問自己的心，是不是足夠「誠」：可以真實地面對自己，真誠地面對他人，真心地感激生活，從而珍惜生命、奮力前行。這樣的面相，一定不會太差，因為你一直在努力着，縱是從物理意義上不夠完美，但從感官和氣場上，已經可以讓人接受並欣賞。

面相會變的。都說女大十八變，在這個問題上其實男女都一樣。一個人，究其一生，最靠譜的相面師，只有自己。

謝謝你不喜歡

前些天，去莊士敦道的某書店。入門，有一個專門的位置，將書籍攤開來擺放。這樣的好處自不必說：凡是經過的人，不論你樂意與否，目光掃過，都會清楚地看到書名。從市場心理學的角度，倘若封面的內容足夠吸引，顧客拿起來翻一翻的機率就要大許多，自然也就會增加售賣的機率。比起書架上的那些貨品，空有以瘦瘦的書脊示人的無奈，這個專門的位置至少可以被書店信心滿滿地冠名以「熱賣區」。

不過，這個「熱」並非真正的「熱」，畢竟，這個年代，已經很少有人將書店選擇為漫無目的的閒逛之地，大多數是「直奔主題」、尋找所需。商家顯然對此也清楚，於是，將「熱賣區」改成了「店長推薦」。

這樣就妥帖多了，從邏輯上來說，店長推薦的是他覺得喜歡、重要、值得一觀的，而所有光顧的客人，能夠感覺到一份權威之中的謙遜，既可以完全無視，也可以俯下身來隨意揀選兩本順眼的翻一翻。那天，一個穿着小學校服的男孩子，對帶他來書店買文具的母親說：「這些書我一本都不喜歡！」只見他一隻手扯着母親的衣角，另一隻手指着「店長推薦」。很不幸，我春節前出版的幾本書，這兩個月一直都在「店長推薦」的這個區域，明晃晃的。我感到略有些尷尬，但聽了那位母親的回答，我便好受許多：「呢度嘅書，都唔喺細路仔看的，我哋行去上一層，看下有冇你鍾意嘅書啦？」

孩子對於不喜歡的事物，能夠毫無保留地說出來。他雖然沒有直接批評我的書，但我依然會有些不安。作為寫作者，我會下意識地思考：是不是應該在以後的創作裏，寫一些令孩子們喜歡的文章？或者，嘗試一下兒童文學的創作？這個思考，讓我一下子明白了「不喜歡」的意義。所有的批評，不論跟自己的關聯性究竟是密切還是疏遠，只要是於己有那麼一些關係，就應該去反思、改進、提高、開拓，那麼這個「不喜歡」就成了每個人拓展自己、突破自己的原始動力。

由此，我不禁想到了岑珈其。這個其貌不揚、和帥哥完全搭不上邊的香港演員，作為《緣路山旮旯》的男主角，余香凝、陳漢娜、梁雍婷、蘇麗珊及張紋嘉搭戲，繼而大熱。有人寫信給他，直言「你好樣衰，我唔喜歡你」。而岑珈其大方回應：「多謝你嘅分享，我嘅樣衰令你難受，影響到你唔好意思。但我真係好鍾意做演員，就算你坐時光機返去我以前細個欺凌我，我都會想做演員。樣衰我改唔到，但我會努力再做好啲演出，希望將來可以得到你嘅支持。」這是每一個人都應該有的人生態度。

人生的前行與突破，就是在接受並感謝每一個「不喜歡」開始的。

厚此薄彼

前些日子，去某中學參加活動。一眾議員和有影響力的「人物」與學生們做互動對話，我似乎是個例外——主辦方悄悄對我說，作家是文化領域的專家，學生更喜歡。我當然知道這是客套話，連連說「過獎過獎」。

互動是分組進行的。主辦方請了若干專業的攝影師，分散在各個組裏；每組裏有若干工作人員，既為學生與嘉賓的互動服務，又幫助攝影師把可以別在衣領上的那種小咪高峰不厭其煩地在不同發言的學生之間移來移去。那些鏡頭自然是錄製了不少寶貴的片段，比如，有學生在與我互動的時候，問：「你喜歡作家這個職業多一些，還是喜歡教師這個職業多一些？如果讓你重新選擇，你會如何選呢？」我告訴他，兩個職業都與人的精神和成長有關，我都喜歡，我從來沒有過厚此薄彼。相反，這兩個職業於我來說，都帶來了精神的富足和快樂，而且，它們之間互相補充，教師的經歷讓我的寫作更加豐富，寫作的經歷讓我更好地在課堂上教導學生。

學生的眼神清澈明亮，我也在回答問題中間，感受到自己發自內心的喜歡——不論是這個問題，還是提出問題的學生。這個環節結束了，主辦方又讓我在鏡頭前講一段「為學生打氣的話」，我略略遲疑，但還是照做。之所以遲疑，是因為這有點做作，比如，要我一定用「我是……」來開頭，作家這件事，如果用於採訪時的自我介紹，多少有些奇怪，畢竟它不是一種職務。最後一個環節，是在活動的 Banner 前面，與學生們集體合影。離開校園時，主辦方沒有人送我，我猜是嘉賓太多、他們人手不足。我傳信息給邀請人：「圓滿完成任務，回見。」

晚飯後，坐在沙發上滑手機。忽然看見微信的朋友圈裏，那些參加活動的議員們都把與學生互動的圖片以及大合影，發了出來；還有一些人甚至發了短視頻。我在想，嘉賓的人比較多，主辦方根據他們認為的重要程度，把整理好的相片和視頻按先後逐一發給大家，也屬正常。可是，兩天過去，我仍然沒有收到任何相片。也直到這時，我才明白，原來，有一種厚此薄彼叫做遺忘。

人文的溫暖和現實的殘酷總是相伴相生，讓人看見戲謔和諷刺。剛剛和學生們講了「厚此薄彼」，自己就真切地感受了一回現實的厚此薄彼。人總是愈活愈清醒，但也愈活愈阿 Q，兩相結合，大概就是一種標榜的「通透」。我沒有去追問主辦方了，自我安慰：那些嘉賓的影響力要大得多，厚一些實屬正常。

我默默地將主辦方邀請人的手機號碼拉黑，這大概是我人生之中為數不多的厚此薄彼吧。

閱讀之中的找尋

前幾天，朗謙兄約我去可風中學，為一個小學生活動做中文寫作的主題講座。朗謙兄在香港青少年群體的中文趣味活動領域經營多年，經驗豐富，頗有創意。

比如這次的「我是小記者」活動，一方面讓小學三年級到六年級的孩子們了解「記者」的概念、吸引他們對傳媒行業與職業的興趣；另一方面又讓孩子們提升普通話交流的水平，可謂一舉多得。當我來到禮堂，看到 200 多名小學生認認真真地分成 10 個組，齊刷刷地望着站在台上的自己，心裏有興奮，更有欣慰：那求知若渴的眼神、那充滿童真的面孔，分明讓人看見春的希望——在這新時代的香港，愈來愈多的孩子願意學習普通話，樂於提高自己的中文寫作能力，這是一種文化的認同和自信。

說實話，同時給 200 多名孩子上課，而且是講中文寫作，於我來說還是第一次，難度不小：如果講得太深，孩子們非但聽不懂，還可能影響他們學習中文寫作的積極性；如果講得太淺或是與課堂的中文教學內容重複，也達不到活動的成效。我於是用一首唐詩開始了當天的「中文之旅」：「有哪位同學可以背誦王之渙的《登鸛雀樓》？」話音未落，幾乎全部的孩子都興奮地舉起手來。「白日依山盡，黃河入海流。欲窮千里目，更上一層樓。」一個穿着格子襯衫的男孩抑揚頓挫地大聲背誦，那聲音宛若天籟般美好。

我拋出了第一個問題：「從這些詩句中，我們能夠知道，詩人看見了什麼？」這顯然讓不少同學犯了難。幾個高年級的同學陸續給出了答案：「要站得高，才能看得遠。」「高處才有風景，人要努力攀登。」「人不能驕傲自滿，要保持上進心。」——我明白，這是中文科的課堂上，中文老師按照教學要求，必須要教會學生「領會」的內容，否則就「缺乏深度」。然而，詩人看見了什麼？那些壯美的、雄偉的、氣吞山河的景致，學生們理解了嗎？領悟了嗎？他們真正從誦讀中體會到了嗎？

我略蹙了蹙眉，索性帶領孩子們大聲反覆誦讀起來。終於，有個同學怯怯地舉起手來：「太陽快要下山了，晚霞很美，五彩繽紛；黃河向遠處奔去。」在他的帶動下，同學們答案中的形容詞多了起來：一望無際的黃河、色彩斑斕的霞光、登高望遠的詩人、寬闊博大的視野以及心胸……我想，這才是我們閱讀之中最本真的尋找——帶領孩子們領悟中文的張力、魅力、凝聚力，從而讓他們明白，作為母語的中文博大精深，是那樣的美。我想，這樣的尋找，應該成為中文教師的基本功，如是，香港的中文教育才更有希望和力量。

嘉年華小記

說到嘉年華，總會讓人想到娛樂、想到狂歡、想到一切與純粹的開心有關之事。殊不知，它的起源，是一個結結實實的勵志故事：相傳，耶穌被一個魔鬼困在曠野裏，40 天滴水未進，飢腸轆轆，受盡折磨。魔鬼想盡一切辦法誘惑耶穌，企圖令他放棄自己的信仰和信念，但耶穌給予了堅決的回擊——他忍受住飢餓，利用漫長的 40 個日夜思考人性，以及如何讓世間更加美好和光明。最終，耶穌打敗了魔鬼，成就了自己。後來，為了紀念耶穌在這 40 天中的荒野禁食，信徒們把每年復活節前的 40 天作為齋戒和懺悔的日子。這 40 天，人們不能食肉，也不能娛樂，生活肅穆、氣氛沉悶。所以，在齋戒開始前的一週之內，人們會專門舉行宴會、舞會等，縱情歡樂。所以，嘉年華最初的含義其實是「告別肉食」，這個狂歡的傳統代代相傳，就成了如今的嘉年華。

英語 Carnival 的發音，很難恰如其分地用漢語表達，所以使用了「狂歡節」這個意譯，比較直觀好理解。後來狂歡節傳到香港，香港人將它改譯為「嘉年華」。這個譯名，是懂外文又深諳中文的知識分子的傑作，具有音與義的雙關之妙。上個星期，有慈善團體在九龍灣舉辦「慈善嘉年華」。我有幸得到友人贈票。入場券印製得十分精美，卻只有時間、地點，以及一串串如蚊子般大小的贊助商標誌。遍尋其間，也不知道這個「慈善嘉年華」到底是什麼主題，有什麼項目，樂趣究竟在何處。

我將這些疑惑講給朋友聽，朋友笑我太認真：「嘉年華，就是玩樂嘛，帶點神秘感去，會更有驚喜的。」我揶揄他：「就怕是有驚無喜。之前，在中環海邊的某大型機構搞的嘉年華，票價不便宜，什麼高空滑梯，什麼黑洞迷途，項目名字一個比一個花哨，適合年輕人的強大心臟，像我這樣恐高的，去了就是花錢買罪受。」朋友亮出底牌：「哎呀呀，這次的入場券都是贈送的，慈善嘉年華，就是要把好事做到底嘛。去了會有很多東西可以領取，獎品很豐富，都是實用的年貨，比如八珍醬園的玫瑰年糕。」不得不說，玫瑰年糕擊中了我的軟肋，於是週末一大早我就趕去嘉年華。

其實，這個「慈善嘉年華」的整體策劃不俗：家長和孩子們一起參加中華傳統文化的猜謎等，在古詩詞和文化常識中共同體驗「新春」來臨的喜氣和樂趣，知識性、互動性都很強。看着大人孩子滿載而歸的幸福感溢於言表，我真心為這個嘉年華點讚。不過遺憾的是，這麼有文化品味的活動，第二天在媒體上看到的宣傳，竟然沒有「現場感」的影子，又是長長的贊助機構出來月台的人員名單和各類政治人物的圖片，真是可惜！

一個紅蘋果

不知是誰，把一個紅蘋果放在了自修室最前面的講桌上。我來到教室時，聽見幾名同學正在起鬨：「分掉它！看着就很好吃！」「這會不會是誰給老師的禮物？」有人急急反駁：「後面是自修時間，誰也不知道會是哪個老師來上課，怎麼可能是留給老師的禮物？」

這時，有同學發現了我，便大聲說：「老師，這個蘋果是有人留給你的嗎？」我搖搖頭：「我只是順路經過。」或許是因為我的出現，大家安靜了下來，默默地回到了自己的座位，捧起書讀了起來。那個紅蘋果就那樣誘人地立在講桌上，讓從窗子透射進來的陽光盡情地灑在自己的身上，為這自修室添了幾分生動的色彩。

我忽然心血來潮，想看看這些中五的同學們，到底打算如何處置這個沒有主人的蘋果。「相信大家都注意到了這個漂亮的紅蘋果。也可能是有人不小心落下的，比如之前用這間教室學習的其他班級的同學；也可能是有人故意留給大家的禮物。

那麼，剛才有沒有人不想理睬這個紅蘋果？」同學們面面相覷。大概是覺得不會有人連這點好奇心都沒有吧。這時，有兩位同學同時舉起手來，一個是小李，一個是小飛。的確，我剛進教室時，這兩個同學都在溫書，並沒有湊到講桌邊去。

我讓他們說說自己的想法。家境優渥的小李朗聲說：「看起來這麼誘人的蘋果，被精心地放在桌子上，不像是無心之失。那就是有人存心故意了。既然是存心故意，這蘋果說不定就有問題，比如，看着很漂亮，實則吃起來很酸；或者根本就是要整蠱饞嘴的人。所以，我不會湊這個熱鬧，沒必要浪費時間呀。」此言一出，大家都佩服小李頭頭是道的分析。

我又轉向小飛，示意他也講一講自己的想法——我其實蠻好奇的，因為在我的印象裏，小飛是一個比較頑皮的男生，喜歡熱鬧。他為什麼能做到心如止水？或許只是一次偶然？同學們也把目光聚焦在小飛身上。不料小飛的回答十分簡潔：「這蘋果不是我的，我就不能動。不論是誰的，都與我無關呀。」

同學們愣了一下，繼而有人竊竊私語：「扮清高咯。」我思考片刻，給同學們講了一個故事：元代的許衡，一次暑熱口渴，眾人見路邊有梨樹，爭先恐後摘梨吃，許衡坐在樹下安然如常。有人問他為何不食，許衡說：「不是自己的不可以摘取。」那人說：「梨樹並沒有主人。」許衡答：「梨無主，吾心獨無主乎？」面對誘惑，有自己的誘惑，而不是關心甜不甜、好不好。

令我欣慰的是，教室裏爆發出熱烈的掌聲，為了小飛的「念」與「行」。

媽媽，請再愛我一次

你走後的每一個五月，總有那麼幾天，我的心特別的疼痛——那疼痛，從心頭一點一點地蔓延着，將我的雙手、雙腳牢牢地捆綁起來，又似一塊巨石狠狠地壓住我，令我無法動彈，最終，疼痛潮湧着，衝破我的喉嚨、眼角，淚水無聲無息地流淌。而今年的五月，這疼痛，竟然連那蔓延的瞬間都吝嗇和省略，直接令我毫無防備地在中環的天橋上哭了起來。

那天，我從家裏去中銀大廈參加活動——30 多名漢華中學的同學們在中銀大廈底樓的咖啡館學拉花。我本不想去的，但領袖生秦同學告訴我，帶隊的施老師本來要陪老母親喝早茶的，因為這個活動，就把和老母親的見面推去中午了。我心下不忍，有什麼比跟母親在一起更重要的呢？她都做了這麼多，我這個兼職的老師有什麼理由不積極一點？況且，秦同學最初起頭策劃這個活動時，我全力支持：聯絡咖啡館，談定價格，確定時間——這中間，秦同學又因應大多數同學的呼聲變更了一回。所以，秦同學央求我一定要參加時，我稍稍猶豫了一下，便答應過了。可是，臨到日子，我又不想去了，因為我猛然發現，這一日，是五月的第二個星期日——母親節。但一想到人要「重諾」，我就早早起來，搭上了去中環的輪渡。

我在二號碼頭下了船，就忽然想明白施老師為什麼把和老母親的見面推到中午了——陪母親過節，要吃得正式，要有很多兄弟姐妹一起跟母親過。放眼天橋上，三三兩兩的行人，有人在賣康乃馨，有人在買康乃馨，有人把康乃馨塞進媽媽的手裏。我的眼淚一下子湧了上來：這個城市，七百多萬人，那麼多「母親」，可，為什麼就沒有你啊！我的媽媽，你在哪裏呢！這個五月，此時此刻，你在另一個世界，是不是也有這樣的節日？而你，是不是捨得為自己買一件漂亮的新衣？媽媽，你可知道，我多麼想你，多麼想能陪着你呀！

我不想人看見，可天橋上那麼開揚，我無處躲避。就如同這個節日，那麼真實地橫亙在五月的日曆上，我每一年都無法躲避。我蹲在樓梯盡頭，埋起了臉。止不住的抽泣中，我又回到了童年——

讀小學那年，我還不到六歲。放學了，看到小夥伴有爸爸媽媽來接，我常忍不住輕聲問自己：媽媽，你在哪裏？我只知道你去了醫院，去治病，很嚴重的病。你和爸爸教我，要學會自己回家。回到家門口、取下掛在脖子上的鑰匙開門時，我忽然想到，這鑰匙，是你離開家的那一天，親手放在我掌心裏的，你說，單一把鑰匙容易丟，弄個繩兒掛在脖子上，就不會丟三落四了。媽媽，我很乖，你走的那天，我就纏着爸爸，找了一條軍綠色的呢絨繩，把鑰匙串了起來。可是，媽媽，你在哪裏？在哪個醫院、哪個病房裏？你在做什麼？——學校裏的老師，有時看着瘦瘦小小的我，會忽然攬住我、抱起來，歎息着，「這孩子……」，又搖搖頭。我望着老師，好像懂了，又好像沒懂。我很想問他們，我的媽媽現在在哪裏，我也很想告訴他們，我很想媽媽，但我不敢，因為老師說，男子漢要勇敢，要堅強。——媽媽，為什麼我現在越長大，反而越堅強不起來了呢？

推開門，屋子裏空蕩蕩的——小學畢業前的每一年裏，有四個多月都是這樣。我做完作業，看着外面的天一點一點的暗了、黑了，我愈發地想你。我不知道自己能做什麼——那是上世紀 80 年代，沒有手機、沒有電話，我還不會寫太多字，更還沒有學會寄信。可是，我想你啊！我於是找來粉筆，在院子裏的水泥地面上，寫了好多好多字，每一個字都是一樣的：「媽」。寫着寫着，滿臉的眼淚，但我不敢哭出聲，怕鄰居聽到，會告訴爸爸。雖然，我那時很小，但我已經知道爸爸不容易，他要工作，賺錢，然後才能付醫藥費、給媽媽看病——我都懂，都明白，我不能讓爸爸分心——可是，只有五歲的我，再怎麼，也無法做到不想你啊！

後來，你就要長年住院了。每個星期三的下午，學校的老師要政治學習，學生便放假，又是醫院探視時間，我就去醫院看你。我要換兩次公交車，才能到中日友好醫院。一進醫院的正門，就是一個大大的噴泉，裏面有一些散落的荷花。記憶裏，每一個可以去探望的日子，陽光都無比燦爛。你會在住院部五樓的走廊上，透過玻璃窗，時不時地向噴泉池張望。當你看見我乖巧安靜地坐在那池邊的台階上，便欣喜地下來接我。

在你的病房，我認識了天南海北聚集到北京看病的阿姨們，你們在一起聊天打趣，我漸漸地感受到那種病友間並肩戰鬥的樂觀。雖然，讀小學的我當時尚未學會用語言來表達，但我能明白，在被癌症判了「死刑」的人和人之間，那種相互的鼓舞是友誼最好的明證——無需刻意去說什麼。我到現在還記得，從內蒙來的王阿姨，把你當成「妹妹」，她的家人帶來的品質極高的奶製品，本來是給化療後的病人補充白血球的，我卻常常大快朵頤；從新疆來的另一個王阿姨，是小學的音樂老師，每次我去，只要她精神好，便會教我跳現代迪斯扣；從河北來的賈阿姨，瘦瘦高高，戴的眼鏡很特別，鏡片薄薄的，還可以變顏色，她時常把枕邊的雜誌拿給我，《讀者文摘》《青年文摘》——我到現在還記得那個年代這兩本雜誌的封面傳統質樸的感覺……

再後來，你無法下樓接我了，同病房的阿姨們把我接上來。這樣的日子，又過了幾年。「阿姨們」三三兩兩地「更換着」，我知道，她們一個一個地離開了。再後來，我便再也不用期待星期三的下午了，五樓走廊的玻璃窗後面，再也不會有你慈愛的面容了。你在哪裏等着我？你還會等着我嗎？

媽媽，在這個五月，在這個母親節的深夜，當我寫下這些文字，一次次泣不成聲。你走後的這些年，我一個人讀書、工作，從一個城市到另一個城市，從一個職業到另一個職業，我看盡了人情冷暖，飽嘗着世態炎涼，當我無數次被人欺辱、被人愚弄、被人拋棄時，我都依然堅定地相信這個世界，因為我覺得你並沒有走，你一直就在我身邊。當我在漫漫長夜，孤獨地舔舐我心中累累的傷口，想着你慈愛的面容，我會樂意相信，這偌大的世界裏，我總會有容身之所、振作之處，至少，在我的生命裏，我被你真實地愛過，所以，我咬着牙、勉力前行，在寂寥的樂觀裏，相信時間、相信未來。可是，媽媽，我真的好想你，請你再愛我一次，好嗎？

後　記

這是我在香港出版的第五本散文集。整理這些文字時，我對生命有了更深刻的認知。生命有限，我究竟能做些什麼？我們又究竟能做些什麼？懷念的、感謝的、掛牽的，愛的、不愛的，在生命的短暫旅程裏，我時常在銘記與遺忘間，做着艱難的抉擇。不論世界贈予我怎樣的境遇，我都應該滿懷真誠。

我終究不是專業的作家，很遺憾，也沒有成為專業的教師。我在「精神的遊走」中，收穫縫隙之中的光和快樂。感謝香港英華書院、中華基金中學、協恩中學、漢華中學、香島中學、聖類斯中學、優才（楊殷有娣）書院、培僑書院、培僑中學、筲箕灣官立中學等一直以來給予我機會，令我可以走進校園，在課室裏享受寧靜又美好的時光。

我感念我的父母，感念我的家人們，裘山山、王紅兩位老師，以及契兄羅基達先生，摯友 Dion 、 Ethan 、 Ken 、 Kyle 、 Pablo 、 Perry 、 Trino，謝謝你們陪伴我度過生命中最艱難的時光。感謝錢萬成伯伯為本書作序，鄧凱、游江老師的美好緣分。感谢 Johnson Lam 幫我完成書稿的整理。

亦將此書獻給一路走來幫助我的中文老師和文學編輯們。

責任編輯　張俊峰
版式設計　彭若東
封面設計　師　嵐
排版印務　馮政光

書　　名　人生憑闌處
作　　者　趙　陽
出　　版　山頂文化
Hong Kong Open Page Publishing Co., Ltd.
香港北角英皇道499號北角工業大廈18樓
http://www.hkopenpage.com
http://www.facebook.com/hkopenpage
http://weibo.com/hkopenpage
Email:info@hkopenpage.com
香港發行　香港聯合書刊物流有限公司
香港新界荃灣德士古道220-248號荃灣工業中心16樓
印　　刷　深圳市德信美印刷有限公司
深圳市龍崗區南灣街道聯創科技園二期20棟1樓2號門
版　　次　2025年7月香港第1版第1次印刷
規　　格　32開（148mm×210mm）296面
國際書號　ISBN 978-988-70420-7-5